Tod in der Vorweihnachtszeit und Lebkuchen ist im Spiel: Pistoux scheint der rechte Mann an der rechten Stelle zu sein, denn die Ermittlungen drehen sich im Kreis und der in einer stadtbekannten Zuckerbäckerei arbeitende Meisterkoch kennt sich aus mit dem Gebäck.

Mit köstlichen Rezepten zum Nachbacken.

Virginia Doyle ist das Pseudonym des Autors Robert Brack, Jahrgang 1959, der als freier Schriftsteller und Restaurantkritiker in Hamburg lebt. 1993 erhielt Robert Brack den «Marlowe»-Preis der Raymond-Chandler-Gesellschaft. 1996 den Deutschen Krimipreis für «Das Gangsterbüro».

Als Rowohlt Taschenbuch liegen folgende Romane vor: «Evelyn» (rororo 23371) und «Das Blut des Sizilianers» (rororo 43356) sowie zwei weitere Kriminalromane um den Amateurdetektiv und Meisterkoch Jacques Pistoux: «Das Totenschiff von Altona» (rororo 23153) und «Tod im Einspänner» (rororo 43868).

Virginia Doyle ∴ Das giftige Herz

Ein historischer Krimi

Wunderlich Taschenbuch

Neuausgabe November 2005

Originalausgabe veröffentlicht im Rowohlt Taschenbuch Verlag,
Reinbek bei Hamburg, November 2000

Redaktion Peter M. Hetzel
Umschlaggestaltung any.way, Andreas Pufal
(Foto: Photonica / Jeanene Marie Scott)
Satz Adobe Garamond PostScript, PageOne
Gesamtherstellung Clausen & Bosse, Leck
Printed in Germany
ISBN 3 499 26595 8

Inhalt

«Dich verfolg ich noch als Leiche,
wenn du meiner je vergisst,
und im Totenhemde schleiche
ich beständig, wo du bist.»

(Carl Ludwig Sand, kurz vor seiner Hinrichtung)

I Konturen im Schnee

Gregor Wanner griff nach dem Messer und fragte sich, ob es nicht wirklich an der Zeit wäre, sich die Kehle durchzuschneiden. Er hatte die Klinge des Rasiermessers gewissenhaft abgezogen. Sie war jetzt so scharf, dass er den Schnitt gar nicht spüren würde. Er würde nur seine buschigen Augenbrauen überrascht in die Höhe ziehen und sich ein wenig nach vorn beugen. Er würde beobachten, wie das Blut den Rasierschaum rot verfärben und auf sein weißes Unterhemd tropfen würde. Er würde neugierig dabei zusehen, wie die Lebenskraft aus seinen Augen wich. Das Messer mit der blutverschmierten Klinge würde auf den Dielenboden fallen und er langsam in die Knie gehen und zu Boden sinken. Ein letztes Aufbäumen, die Arme nach hinten werfen, liegen bleiben und darauf warten, dass Frau Esslinger hereinkam und einen gehörigen Schreck bekam. Wanner grinste. Er rückte den Rasierspiegel ein wenig zur Seite und wandte das Gesicht dem Fenster zu, damit mehr Licht auf ihn fiel. Er hob das Kinn, setzte die Klinge an und begann langsam und gewissenhaft mit der Rasur.

Als er gerade dabei war, seinen dichten Schnurrbart ein wenig zu stutzen und dabei zu seinem großen Erstaunen ein graues Haar entdeckte, polterte es gegen seine Tür. Er zuckte, die Klinge rutschte aus, glitt im falschen Winkel über die Wange und hinterließ einen feinen Schnitt. Der Schnitt füllte sich mit Blut, dann bildete sich ein Tropfen, dann noch einer.

«Herrgott, Sakra! Frau Esslinger! Was ist denn los!»

Wanner legte das Messer beiseite und griff nach dem Handtuch neben der Waschschüssel.

Die Zimmertür ging auf, und eine kleine alte Frau mit Besen und Kehrblech in den Händen rief: «Nein! Tun sie das nicht!»

Zu spät.

«Mein Handtuch!», rief Frau Esslinger. «Blut!»

Wanner blickte erstaunt auf das Handtuch, das eben noch blütenweiß gewesen war und nun Flecken aufwies.

«Zum Teufel, Frau Esslinger. Das ist Ihre eigene Schuld! Was rumoren Sie auch vor meiner Tür herum?»

«Ich rumore nicht, ich fege! Außerdem ...»

Hinter Frau Esslinger tauchte ein großer dünner Mann auf. Er drängte sich an der kleinen Frau vorbei und blieb im Türrahmen stehen.

«Herr Oberrat?», sagte Wanner überrascht.

«Sie haben Besuch», sagte Frau Esslinger, drehte sich um und verschwand. «Herr Inspektor, Ihnen tropft Blut von der Wange.»

Wanner legte das Handtuch auf die Wunde. Jetzt spürte er den Schmerz und kniff die Lippen zusammen.

«Was ... verschafft mir die Ehre, Herr Oberrat ...?»

«Ziehen Sie sich an, Herr Inspektor. Ich warte unten in der Kutsche auf Sie.» Oberrat Schreiber drehte sich um und verschwand.

Und schon stand wieder die Esslinger in der Tür. Ihre Augen glänzten vor Neugier.

«Ist wieder was passiert?», fragte sie.

Wanner zuckte mit den Schultern. Dann fiel ihm auf, dass er hier in Unterhosen, Unterhemd und Socken vor seiner Zimmerwirtin stand, noch dazu blutend. Schlagartig wurde er wütend.

«Lassen Sie mich allein, Sie neugieriges Aas!»

Er hob drohend den kleinen Blechnapf mit dem Rasierschaum. Frau Esslinger zog den Kopf ein, verschwand in Windeseile im Flur.

Wanner schloss die Tür. Missmutig zog er sich an. Die halbe Nacht war er durch die engen Gassen von Nürnberg geschlichen, auf der Suche nach verdächtigen Subjekten, die angeblich planten, die neue elektrische Beleuchtung auf dem Hauptmarkt zu sabotieren. Spitzel hatten dieses Gerücht aufgebracht, dem nach Meinung von Inspektor Wanner jede vernünftige Grundlage fehlte. Aber Oberrat Schreiber wollte dem Patriziat der Staat unbedingt beweisen, dass er auch in der Adventszeit für Sicherheit und Ordnung sorgen konnte. Deshalb schickte er wegen jedem Gerücht seine «fähigsten Beamten» los. Und weil Schreiber den oberbayerischen Dickkopf Wanner nicht leiden konnte, musste der immer die nächtlichen Kontrollgänge unternehmen.

Aber dass der Oberrat dann gleich am nächsten Morgen in Wanners Wohnung kam, um ihn abzuholen, war noch nie vorgekommen.

Frau Esslinger war nirgends zu sehen, als Wanner über die steile Außentreppe in den engen, düsteren Hinterhof hinunterstieg. Es herrschte eine fürchterliche Unordnung: alte Fässer, kaputte Kisten und zerrissene Körbe lagen herum, ein demolierter Leiterwagen stand ihm im Weg, und neuerdings hatte sich sogar ein alter Kanonenofen zu dem Unrat gesellt. Wanner trat durch den niedrigen Torbogen in die schmale Gasse mit den schiefen Fachwerkhäusern.

Oberrat Schreiber saß in einem Einspänner und schlug ungeduldig mit dem Knauf seines Spazierstocks auf die linke Handfläche. Das Verdeck war nach hinten geschoben, obwohl dünne Schneeflocken vom Himmel herunterfielen. Inspektor Wanner stieg in die Kutsche und ließ sich auf den gepolsterten Sitz neben dem Oberrat fallen.

«Sie werden doch wohl nicht mit einem blutbesudelten Handtuch durch die Stadt fahren wollen, Inspektor», sagte Schreiber.

Wanner bemerkte erstaunt, dass er noch immer das Handtuch gegen die Wange gepresst hielt. Er besah sich den fleckigen Stoff. Die Blutung hatte noch nicht aufgehört, aber deutlich nachgelassen. Er warf das Handtuch aus der Kutsche.

Oberrat Schreiber klopfte dem Kutscher mit dem Stockknauf gegen den Rücken. Der Kutscher schnalzte mit der Zunge, die Kutsche ruckte nach vorn.

Schweigend saßen sie nebeneinander. Die Räder der Kutsche knirschten auf dem unebenen Pflaster. Mal ging es ein wenig bergauf, dann wieder bergab, dann um eine enge Kurve, Richtung Burg. Wanner traute sich nicht, den Oberrat nach dem Grund für diesen morgendlichen Ausflug zu fragen. Er wusste, dass Schreiber ihn für einen Bauerntölpel hielt. Warum sonst hätte man den Inspektor von München nach Nürnberg zwangsversetzen sollen? Wanner war ja selbst der Ansicht, dass er diese Versetzung verdient hatte. Immer noch besser Nürnberg als irgendein kleines Kaff in seiner oberbayerischen Heimat. Aber ehrlich gesagt war ihm Nürnberg zu eng. Er hatte ständig das Gefühl, er müsse seine Arme dicht am Körper halten, wenn er durch die Gassen ging. Wenn er sich streckte, würde er womöglich eine morsche Hauswand einreißen. Verdammtes Nürnberg! Diese Stadt war einfach nicht für Menschen mit seiner Statur gebaut worden.

«Sie werden Ihre nächtlichen Kontrollgänge einstellen», sagte der Oberrat plötzlich. Nanu, dachte Wanner, werde ich degradiert? Hat jemand es trotz meiner nächtlichen Streifzüge geschafft, die elektrische Beleuchtung auf dem Hauptmarkt zu sabotieren? Bin ich wirklich ein Versager? Schicken sie mich jetzt vielleicht doch nach Oberbayern?

«Sie werden ganz auf sich allein gestellt sein in dieser Angelegenheit», sagte der Oberrat.

Welche Angelegenheit?, fragte sich Wanner. Aber er traute sich nicht, zu fragen.

«Es passt nicht in die Adventszeit, dass solche Dinge passieren», murmelte der Oberrat vor sich hin.

Sprach er nur mit sich selbst, oder erwartete er eine Antwort?

«Der Stadtrat ist in Sorge.» Jetzt sprach der Oberrat noch leiser. «Es darf kein Schatten auf den Christkindlesmarkt fallen», murmelte er, «kein Schatten.»

Es ist doch etwas mit der elektrischen Beleuchtung geschehen, dachte Wanner. Und mich werden sie zur Verantwortung ziehen.

Sie erreichten das Westtor, wandten sich nach links und fuhren direkt an der Stadtmauer entlang Richtung Fürther Tor. Rechts von ihnen erhob sich die massive Steinwand der Stadtbefestigung, auf der linken Seite duckten sich verwinkelte, ineinander verkeilte Häuschen, als würden sie Schutz hinter der Mauer suchen. Sie passierten das Fürther Tor, erreichten das Spittlertor und hielten direkt vor dem mächtigen Turm, der hier drohend die Stadtmauer überragte.

Der Kutscher stieg ab und öffnete die Wagentür. Oberrat Schreiber kletterte aus dem Wagen und erklomm über eine überdachte schmale Steintreppe den Wehrgang. Schreiber ging so schnell, dass Wanner kaum einen Blick durch die Scharten der Brustwehr nach draußen werfen konnte. Dann erreichten sie einen Wehrturm, und plötzlich kletterte der Oberrat durch eine Öffnung des halb zerfallenen Mauerwerks nach draußen.

Als Wanner die zerborstene Lücke in der Turmmauer erreichte, bemerkte er, dass von hier oben eine Leiter nach unten in den Stadtgraben führte. Schreiber war schon unten angelangt und lief auf zwei Männer zu, die unter einem kahlen Baum standen. Wanner zögerte. Dort unter dem Baum standen ein uniformierter Polizist und ein Mann in Zivil. Sie schauten zu Boden. Nun trat der Oberrat zu ihnen, blieb stehen und blickte ebenfalls zu Boden. Irgendetwas Interessantes musste dort im Gestrüpp liegen.

Jetzt sah der Oberrat auf und starrte zum Turm hoch. Wanner seufzte und setzte einen Fuß über die Mauer hinweg. Er stieg die Leiter hinab und trat auf das feuchte, glitschige Gras. Beinahe wäre er ausgerutscht. Er lief einen kleinen Trampelpfad entlang, der ihn zu den Männern unter dem Baum führte.

Als er neben Schreiber stand, blickte er wie die anderen zu Boden. Unwillkürlich hob er die Hand an den Rand seines Homburgs, wollte ihn abnehmen, aus Pietät gewissermaßen, denn der Tod war für ihn noch immer keine Routineangelegenheit geworden, obwohl er schon oft mit Toten zu tun gehabt hatte. Doch zuallererst war dies hier Arbeit, ein Fall. Da war keine Zeit für Sentimentalitäten.

Und doch durchzog ein leises Zittern den Körper des Kriminalbeamten. Es war einfach ein trauriger Anblick, einen so jungen Menschen tot vor sich liegen zu sehen. Der Junge lag da mit weit aufgerissenen Augen und leicht offen stehendem Mund, und die jetzt dichter fallenden Schneeflocken senkten sich auf sein Gesicht, wo sie liegen blieben und nicht schmolzen. Er war ärmlich gekleidet. Die Hose war zerschlissen, der Mantel fleckig und voller Löcher, die Schuhe zerrissen.

Wie alt mochte der Knabe wohl sein? Vielleicht neun oder zehn Jahre.

«Wie lange liegt er schon da?», fragte er, ohne den Blick zu heben.

«Mindestens die halbe Nacht», sagte der Uniformierte. «Der Boden unter ihm ist noch trocken. Gegen zwei Uhr hat es angefangen zu schneien …»

«Woran ist er gestorben?»

«Sehen Sie mal, Herr Inspektor», sagte der Mann in Zivil

und kniete sich neben den Leichnam. Der Mann trug dünne Handschuhe, neben ihm stand eine Arzttasche, ungeöffnet. Er fasste dem Jungen in den offenen Mund und holte etwas hervor. Dann hielt er das kleine braune Etwas in die Höhe.

«Was ist das?», fragte Wanner.

«Ein Stückchen Lebkuchen.»

«Ja und?»

Der Arzt wandte sich an den Uniformierten, der einen kleinen Briefumschlag in der Hand hielt. Der Beamte nahm das Lebkuchenstück und steckte es in den Umschlag.

«Sehen Sie mal hier», sagte der Arzt.

Er hatte den Mund des Toten geöffnet und zog die Zunge heraus. Sie war dunkel verfärbt.

«Blaue Zunge», sagte der Arzt. «Das sieht mir doch recht deutlich nach einer Vergiftung aus.»

«Vergiftete Lebkuchen?», wandte sich Wanner an den Oberrat.

Schreiber zuckte ungeduldig mit den Schultern. «Einstweilen wissen wir gar nichts. Weder, ob der Junge vergiftet wurde, und schon gar nicht, ob das Stück Lebkuchen daran schuld ist.»

«Morgen werden wir mehr wissen», sagte der Arzt, «wenn ich ihn aufgeschnitten habe.»

Wanner sah den Arzt irritiert an. Der stand jetzt auf und sagte zu dem Uniformierten: «Sie werden ihn wohl hier forttragen müssen, mit dem Wagen kommen wir nicht in den Graben.»

Der Beamte beugte sich hinunter und fasste nach der Leiche.

«Halt!», sagte Wanner.

Man sah ihn überrascht an.

«Ist er hier hingelegt worden, nachdem er tot war, oder ist er selbst zu dieser Stelle gelaufen?»

Der Uniformierte zuckte mit den Schultern.

«Wir müssen nach Spuren suchen», sagte Wanner.

«Spuren gibt's viele», sagte der Wachtmeister. «Die Leute, die die Leiche gefunden haben, sind hier überall herumgetrampelt.»

«Welche Leute denn?»

«Ich weiß nicht. Es müssen mehrere gewesen sein. Sie haben einen Jungen zu uns geschickt.»

«Wo ist der Junge jetzt?»

«Der ist gleich wieder entwischt.»

Wanner seufzte. Der Wachtmeister hob den kleinen Körper hoch und warf ihn sich über die Schulter.

«Vorsicht!», mahnte der Arzt. «Sie brechen ihm noch das Genick. Kommen Sie.» Er ging voran, der Wachtmeister folgte ihm.

Wanner spürte den stechenden Blick des Oberrates.

«Ich möchte, dass sie diesen Fall sorgfältig untersuchen und nur mir Bericht erstatten. Sie arbeiten allein.»

Damit wandte er sich ab und ging hinter den anderen her.

Wanner starrte auf die Stelle, wo der Leichnam des Jungen gelegen hatte. Die Konturen des Körpers waren im Schnee deutlich zu erkennen. Immerhin, dachte er zufrieden, damit bin ich meinen Überwachungsauftrag am Hauptmarkt los. Außerdem arbeitete er sowieso am liebsten allein.

2 Prügel im Hinterhof

«Wie bitte? Ein Franzose?»

«Ja, Friedrich.»

«Was zum Donnerwetter soll ich denn mit einem Franzosen?»

«Aber Friedrich ...»

«Da könnt ihr mir ja gleich einen Affen schicken!»

«Nicht doch …»

«Wie soll ich mich denn überhaupt mit ihm verständigen?»

«Aber er spricht doch Deutsch.»

«So?»

Der dicke Bäckermeister sah seine Frau skeptisch an. Sie standen in der Backstube vor dem großen Tisch in der Mitte, auf dem ein großer Teigberg lag. Der Teigberg war fast so voluminös wie der Bauch des Bäckers, der sich über der mehlbestäubten karierten Hose wölbte. Seine Frau war klein und zierlich. Sie schaute ängstlich zu ihm hinauf. Dann warf sie einen Blick durch die halb geöffnete Tür in den Verkaufsraum.

Der Mann, von dem sie sprachen, wartete geduldig vor dem Verkaufstresen. Jacques Pistoux besah sich das Gebäck in der Glasvitrine. Jetzt am frühen Abend war fast alles verkauft. Nur noch ein paar *Haselnusskipferl*, wenige *Heidesand-Taler* und viel *Schwarzweißgebäck* lagen auf den Backblechen.

Der große Mann mit dem dunklen Teint des Südfranzosen und dem stolzen schwarzen Schnurrbart trug abgenutzte Kleider und darüber einen zu dünnen Mantel. Er hatte die Bäckerei Dunkel in der Wunderburggasse betreten und auf Deutsch mit leichtem wienerischem Einschlag und starkem französischen Akzent nach Arbeit gefragt.

«Das ist schön», hatte Frau Dunkel gesagt, nachdem Pistoux sich vorgestellt hatte. «Ich werd's gleich meinem Mann sagen.»

Aber nun standen sie schon eine ganze Weile diskutierend in der Backstube. «Aber hast du nicht gesagt, du brauchst einen Gehilfen?»

«Ja schon, aber was soll ich mit einem Franzosen?»

«Es ist nicht Napoleon, Friedrich.»

«Trotzdem … was will er denn in Nürnberg?»

«So frag ihn doch selbst.»

Der Bäckermeister griff nach dem Teigberg und begann, ihn verbissen durchzukneten. Seine Frau stand neben ihm, strich sich mit der Hand über die weiße Schürze und sah ihn stirnrunzelnd an.

Pistoux besah sich geduldig den Adventkranz, der auf dem Verkaufstresen stand. Zwei Kerzen waren bereits angezündet worden.

«Was kann schon ein französischer Bäcker …?», nörgelte Friedrich Dunkel in der Backstube.

«Er ist kein Bäcker, er ist Koch.»

«Ein Koch? Was soll ich mit einem Koch?»

«Er versteht sich auch auf Zuckerbäckereien. Er hat in Wien gelernt.»

Dunkel hörte auf zu kneten und spähte durch die halb geöffnete Tür in den Laden.

«In Wien hat er gelernt?»

«Aber ja.»

Dunkel strich sich den Teig von der Hand, griff in eine Kiste und stäubte eine Hand voll Mehl über den Tisch.

«Er soll reinkommen.»

«Na siehst du», sagte die Frau des Bäckers und lief eilig in den Laden.

Pistoux hatte sich umgedreht. Das Gespräch hatte ihm zu lang gedauert. Er hatte sich schon darauf eingestellt, woanders sein Glück versuchen zu müssen. «Kommen Sie, Herr Pistel, er will mit Ihnen reden», sagte Frau Dunkel.

Der Angesprochene drehte sich um.

«Pistoux», korrigierte er sie. «Ich heiße Pistoux.»

«Aber ja, nun kommen Sie.»

Er folgte ihr in die Backstube. Der Bäckermeister knetete jetzt eifrig den Teig. Ab und zu blickte er kurz auf, mit mürrischem Gesicht, ungnädig.

«Sie sind also von Haus aus Koch?», fragte er.

«Ja.»

«Und Franzose noch dazu?»

«Jawohl.»

«Was hat Sie nach Nürnberg verschlagen?»

Pistoux überlegte einen kurzen Moment. «Ich bin auf Wanderschaft», sagte er dann.

Friedrich Dunkel blickte seine Frau an: «Ist er nicht zu alt dafür?», fragte er.

«Aber nein, Friedrich, bedenke doch, in welchen Zeiten wir leben ... noch dazu als Franzosen.»

Was immer sie damit meinte, es schien dem Bäcker zu genügen.

«Und in Wien sind Sie gewesen?», fragte er weiter.

«Ja.»

«Und verstehen sich auf Zuckerbäckereien?»

«Ein wenig.»

Dunkel stemmt die Hände in den Teig und richtete sich auf. «Es ist alles da, was Sie brauchen», sagte er. «Der Ofen hat noch genügend Hitze. Zeigen Sie mir, was Sie können.» Und schon knetete er weiter, ohne Pistoux eines weiteren Blickes zu würdigen.

Pistoux sah die Frau des Bäckers fragend an. Sie nickte. Schnell zog er sich den Mantel aus. Sie reichte ihm eine Schürze, die sie von einem Haken an der Wand nahm und deutete auf die Regale, auf denen sich hölzerne und tönerne Gefäße jeder Art und Form befanden, manche beschriftet, andere nicht.

Mit zwei Blicken erfasste Pistoux die Lage. Er holte feines Mehl aus der Mehlkiste, wog es ab, fand Zucker, fragte die Frau nach Vanilleschoten, fand ein Fläschchen Kirschwasser und ließ sich kalte Butter bringen. In kürzester Zeit war der Teig fertig. Aus der einen Hälfte des Teigs formte er kleine Kipferl und legte sie auf ein Backblech. Die andere Hälfte würzte er mit Kardamom, Zimt und Nelken, rollte den Teig aus, stach Rosetten aus und legte sie auf ein zweites Blech. Die Hälfte der Rosetten bekam ein Loch in der Mitte. Die Bleche schob er in den Ofen. Schon nach einer Viertelstunde war es so weit. Er holte die Bleche wieder heraus, bestrich die Rosetten ohne Loch mit Johannisbeergelee und legte die anderen darauf. Dann besträubte er die Plätzchen und die Kipferl vom andern Blech mit Vanillezucker und trat zurück.

Der Bäcker hatte sich derweil in einer Ecke an einem anderen Teig zu schaffen gemacht, nachdem er den ersten in Kuchenformen gesetzt und zum Gehen warm gestellt hatte. Seine Frau bediente derweil vorn im Laden eine Kundin.

Pistoux wartete. Endlich drehte sich der Bäckermeister um und warf einen Blick auf Pistoux' Plätzchen.

«*Vanillekipferl* und *Linzer Plätzchen,* schön, schön.» Mit schlurfenden Schritten kam er näher. Pistoux bemerkte eine Andeutung von Neugier auf seinem Gesicht.

Der Bäcker griff nach einem Kipferl. Es zerbrach.

«Na, recht mürbe sind sie ja geworden», sagte er und griff nach einem zweiten. Er besah sich die Halbmondform und murmelte: «Ganz hübsch.» Dann aß er es auf.

Dunkel griff nach einem Linzer Plätzchen. Wieder biss er ein Stück ab, kaute und schluckte. Dann besah er sich ein zweites Plätzchen und schüttelte den Kopf.

«Sie hätten nur nicht den Zucker darüber streuen dürfen. So sieht's nicht wirklich hübsch aus.»

Pistoux ärgerte sich. Er hätte darauf achten müssen, dass das Gelee-Auge in der Mitte nicht bestäubt wird. Ein Anfängerfehler!

Der Bäcker biss ins zweite Plätzchen und sagte: «Trotzdem, das sind die besten Linzer, die ich je gegessen habe.» Er stopfte sich das ganze Plätzchen in den Mund und sagte noch kauend: «Aber die Kipferl sind auch nicht schlecht.»

«Er liebt die Linzer, hat er's schon gesagt?», rief seine Frau aus dem Laden, nachdem sich die Kundin verabschiedet hatte.

«Sie können hier anfangen. Einstweilen bis zum Dreikönigstag. Ob ich Sie länger gebrauchen kann, weiß ich noch nicht. Einverstanden?»

«Ja, aber …»

«Ich zahle Ihnen den Gesellenlohn, zufrieden?»

Pistoux zuckte mit den Schultern. Er wusste gar nicht, wie viel das war.

«Sie logieren hier im Haus, kostenfrei, am Abend gibt's ein Essen», sagte Frau Dunkel, die nun wieder in die Backstube getreten war. «Wo haben Sie ihr Gepäck?»

«Nebenan im Goldenen Hufeisla.»

«Na fein, dann holen Sie's.»

Wenig später führte ihn Frau Dunkel die schmale Holzstiege in den zweiten Stock hinauf, wo sie die niedrige Tür zu einer engen Kammer öffnete. Pistoux musste sich bücken, um eintreten zu können. Die Einrichtung bestand aus einem schmalen Tisch, der vor dem schiefen Fenster mit rotweiß karierten Vorhängen stand, einem dazugehörigen Stuhl, einem rohen Eisengestell mit Waschschüssel und Wasserkanne und einem Bett mit aufgeplusterter Federdecke.

Frau Dunkel lachte, als sie auf das Bett deutete: «Das ist wohl etwas kurz für einen so großen Menschen wie Sie.»

Pistoux trat zum Fenster, öffnete es und blickte hinaus. Feine Schneeflöckchen, fast zu klein, um in dem dämmrigen Zwielicht vom bloßen Auge erkannt zu werden, fielen herab. Dort unten war ein kleiner gepflasterter Hof, der von den jeweils angrenzenden Grundstücken durch einen windschiefen Lattenzaun getrennt wurde. Um abgeteilte Grundstücke gruppierten sich schiefe zwei- bis dreistöckige Fachwerkhäuser. Von manchen Wänden war der Putz abgeblättert und gab den Blick frei auf das aus Lehm und Stroh bestehende mürbe Mauerwerk.

Durch eine Lücke zwischen zwei Häusern hindurch konnte Pistoux die Burg mit ihren Türmen erkennen. Es sah so aus, als sei sie dazu erbaut worden, das Häusermeer zu ihren Füßen zu überwachen. Doch das Gewirr aus Gassen und Gässchen, das Nürnberg darstellte, war wohl kaum von oben herab zu kontrollieren, mutmaßte Pistoux. Aber für einen Fremden ist jede Stadt verwirrend.

«Abendessen gibt's um fünf, danach gehen wir schlafen. Um drei fangen wir mit der Arbeit an.»

Pistoux wandte sich vom Fenster ab. Daran würde er sich gewöhnen müssen. «Einen Ofen gibt es hier nicht», sagte Frau Dunkel. «Aber dafür ist es in der Backstube schön warm.»

«Es wird schon gehen.»

«Im Übrigen ...», wollte sie hinzufügen, kam aber nicht weiter, denn draußen hörte man großes Geschrei. Das Gesicht der Bäckersfrau, das eben noch freundlich gelächelt hatte, verdüsterte sich schlagartig. Sie hörten ein Rumpeln und Scheppern, als würden Fässer und Kisten umstürzen.

Pistoux drehte sich um und beugte sich aus dem noch geöffneten Fenster. Unten im Hof sah er den dicken Bäcker hin- und herlaufen. In der Hand hielt er einen mächtigen Holzknüppel. Er trat gegen Fässer und Kisten, die um ihn herum auf den gepflasterten Boden gefallen waren. Wutentbrannt versuchte er, über die Hindernisse zu steigen. Offenbar wollte er eine Lücke im Zaun erreichen.

Pistoux sah über den Zaun hinweg und entdeckte einen Schatten, der über den Nachbarhof huschte. Dann einen zweiten, der ihm folgte.

Der Bäcker schwenkte jetzt den Knüppel über dem Kopf und brüllte laut: «Gesindel! Diebe! Verbrecher! Gottverdammte Spione und Halsabschneider! Betrügerpack, elendes!» Dann rutschte er auf dem glitschigen Boden aus und schlug der Länge nach hin.

Aus einem am Boden liegenden Fass kletterte eine Gestalt, richtete sich auf und wollte die Gelegenheit nutzen, um zu entkommen. Doch der Raum zwischen dem wütenden Bäcker und der Lücke im Zaun war zu klein. Die kleine Gestalt versuchte es trotzdem. Der Bäcker bekam seinen Widersacher zu fassen und brüllte noch lauter als vorher: «Lump! Ich werde dich Mores lehren!» Er hob den Knüppel und ließ ihn auf den Rücken der kleinen Gestalt sausen, die er mit der anderen Hand am Genick gepackt hatte. Ein schriller Schmerzensschrei schallte durch den Hinterhof. Mit einem Mal war die Bäckersfrau neben Pistoux und beugte sich neben ihm aus dem Fenster.

«Friedrich!», schrie sie in den Hof hinab. «Hör auf! Du schlägst ihn ja tot!»

«Ja! Totschlagen, totschlagen, tot, tot!», brüllte der Bäcker, und bei jedem «tot» schlug er wieder mit dem Knüppel zu.

«Friedrich!», schrie Frau Dunkel jetzt mit einer lauten Stimme, die Pistoux ihr niemals zugetraut hätte: «Hör auf damit! Sofort!»

Der Bäcker hielt inne, blickte nach oben. Die kleine Gestalt unter ihm nutzte den Moment, riss sich los und krabbelte in Windeseile auf das Loch im Zaun zu. Als der Bäcker es bemerkte, sprang er hinterher, rutschte aus und verlor seinen Knüppel. Noch bevor er sich wieder aufgerichtet hatte, war die kleine Gestalt durch die Zaunlücke verschwunden.

Friedrich Dunkel brüllte ihm drohend hinterher: «Ja! Kommt nur wieder! Kommt nur wieder!»

Oben im zweiten Stock drängte seine Frau ihren Gast vom Fenster weg. Sie war kreidebleich im Gesicht.

«Es ist nichts», sagte sie, «nichts von Bedeutung … nur ein paar Gassenjungen … sonst nichts …»

Dann lief sie ohne ein weiteres Wort aus dem Zimmer und ließ Pistoux allein.

∴ 3 ∴ CHRISTKINDLESMARKT Die Dächer der Buden auf dem Hauptmarkt waren wie mit Puderzucker überzogen. Es war kalt genug, dass der feine Schnee für eine Weile liegen bleiben konnte. Inspektor Wanner stand vor der «Käse-Handlung Heinr. Bückner» am östlichen Ende der Kolonnaden, die die nördliche Hälfte des Hauptmarktes einrahmten.

Über die schneebedeckten Budendächer hinweg sah er die beiden spitzen Kirchtürme der Sebalduskirche, die wie Bleistifte in den Himmel ragten. Die Bleistifte Gottes, dachte Wanner. Sie schreiben nichts in den Himmel, stehen einfach nur da. Das Schreiben überlässt der liebe Gott seinen Pfaffen, und die schreiben seit Hunderten von Jahren die Bibel um, wie es ihnen passt. Wanner schüttelte missbilligend den Kopf. Jetzt geht das schon wieder los, dachte er. Wieso bin ich kein braver Kirchgänger wie die anderen, wieso glaube ich denen nichts? «Sei nicht so schwermütig», hatte seine Frau ihm gesagt, und dann war sie gestorben. Es war ihr letzter Satz gewesen, und dann hatte sie ihn verlassen. Nur noch ein leerer Körper war übrig geblieben. Sei nicht so schwermütig! Wanner lachte traurig vor sich hin. Nach ihrem Tod war er erst richtig schwermütig geworden. Monatelang hatte er in Münchens Wirtshäusern gesessen und getrunken und dabei seine Arbeit vernachlässigt. Als die Vorgesetzten ihn vorluden, war er nicht gekommen. Als sie ihn abholen ließen, hatte er sich mit Händen und Füßen gewehrt.

Sie steckten ihn in eine Anstalt, wo man ihm das Trinken abgewöhnte. Aber die Schwermut war geblieben, sosehr sich auch der Seelsorger der Anstalt um ihn bemüht hatte. Es hieß, er sollte wieder arbeiten, um auf andere Gedanken zu kommen. Man schickte ihn nach Nürnberg, zu den Protestanten. Es kam einer Abschiebung gleich, aber er hatte sich ohne zu Murren in die Überlandkutsche gesetzt und war ins Fränkische gereist. Irgendetwas musste er ja tun, und er hatte nur einen Beruf gelernt – Verbrechensaufklärung. Kriminelle gab es überall, also war jeder Ort gleich gut oder schlecht.

Gegen diese «dumme Weinerlichkeit», wie er es selbst nannte, gab es nur ein Mittel. Etwas essen. Wanner setzte sich in Bewegung. Er hatte es sich verdient. Es war ein unangenehmer Tag gewesen. Zuerst die Leiche im Graben, dann das Gespräch mit dem Mediziner im Leichenschauhaus, der die Vergiftungstheorie bestätigt hatte. Um welches Gift es sich handelte, konnte der Mediziner noch nicht sagen.

Wanner trat in den engen Käseladen, wo sich auf schiefen roh gezimmerten Holzregalen zahlreiche Käsesorten aus allen deutschen Landen und sogar aus dem Ausland drängten. Die Verkäuferin, eine mittelgroße stämmige Frau undefinierbaren Alters, deren Gesicht die Farbe ihrer Produkte angenommen hatte, begrüßte ihn mit einem dünnen Lächeln. Sie kannte ihn schon. Er war ja praktisch Stammkunde.

«Eine Käswurst», sagte Wanner.

«Sehr wohl, der Herr.»

Die Frau bückte sich und kramte eine Holzschachtel hervor. Wieso konnte sie die Würste nicht einfach in eine Ecke hängen, wo man sie schnell abpflücken konnte, wenn er kam? Die Käswurst, zwei Finger dick, zwei Finger lang, sah zwar aus wie eine Wurst, war aber aus Käse gemacht. Eine Spezialität aus Wien. Es gab sie nur in diesem Laden zu kaufen. Wanner hatte den Verdacht, dass er der Einzige war, der sie kaufte.

«Oh», sagte die Frau, nachdem sie sich ächzend erhoben und die Holzschachtel auf den schmalen Verkaufstresen gestellt hatte: «Da sind nur noch zwei, dann sind sie aus.»

Wanner sah sie entgeistert an: «Nur noch zwei Stück? Wann kommen denn die nächsten?»

Die Frau machte eine geringschätzige Handbewegung: «Ach, das wird sicherlich bis nach Weihnachten dauern.»

«Bis nach Weihnachten gibt es keine Käswürste mehr?», fragte Wanner.

«Na, nur die beiden hier.»

Wanner blickte auf die beiden Würste in der Schachtel. Sie lagen da in fettigem Papier und sahen verschrumpelt und hässlich aus. Unappetitlich. Aber er wusste ja, wie gut sie schmeckten. Das Wasser lief ihm im Mund zusammen.

«Ich nehm sie beide», sagte er.

«Ist recht.» Sie wickelte sie in das fettige Papier ein, nahm das Geld entgegen und reicht ihm das kleine Päckchen.

Missmutig nahm Wanner es entgegen, erwiderte ihr dünnes Lächeln mit einem knappen Kopfnicken und verließ den kleinen Laden.

Draußen faltete er das Einpackpapier auseinander, nahm sich eine Wurst und steckt die andere in die Manteltasche. Er biss ein Stück ab und kaute genüsslich. Ein bisschen trocken war sie geworden, die Käswurst, aber noch immer ein Genuss.

Mit der Wurst in der Hand machte er sich an die Arbeit. Auf dem Hauptmarkt stand Bude an Bude. Bratwürste wurden verkauft, es gab Glühwein und Punsch, Weihnachtsschmuck, Kerzen, Rauschgoldengel, verschiedene Geschenkartikel, allerlei Süßigkeiten – und natürlich Lebkuchen.

Es war kaum anzunehmen, dass hier vergiftete Lebkuchen verkauft wurden, aber irgendwo musste er mit seinen Ermittlungen ja beginnen. Der Christkindlesmarkt war der Mittelpunkt der Stadt, also der beste Ausgangspunkt für jemanden, der eine Stecknadel im Heuhaufen suchte.

Niemand hatte eine Anzeige aufgegeben, dass der Junge, den sie im Stadtgraben gefunden hatten, vermisst wurde.

«Ja, was?», rief die Verkäuferin der ersten Bude, die er angesteuert hatte, aus. «Einen kleinen Jungen suchen Sie, der Lebkuchen gekauft hat?» Sie lachte. «Da gibt's viele.»

Wanner beschrieb ihr den Jungen, seine zerlumpte Kleidung und bekam als Antwort nur ein Kopfschütteln. Die Käswurst in der Hand, ging Wanner zur nächsten Bude. Auch hier hatte man den Jungen, der vergiftet worden war, nicht gesehen. Wanner kaute auf seiner Käswurst herum und blieb geduldig. Es war seine Aufgabe, zu fragen, also tat er es. Zugegeben, bei der dritten Bude war er gelangweilt, bei der fünften verlor er das Interesse, bei der siebten hörte er kaum noch hin. Er ging ganz einfach nur mechanisch seiner Arbeit nach. Schließlich hatte er alle Buden abgeklappert und nichts erfahren. Um ihn herum belebte sich das Marktgeschehen. Es war jetzt Nachmittag, der Himmel verdüsterte sich wieder, und mit einem Mal fielen dicke Schneeflocken vom Himmel. Es war, als wäre Frau Holles Bettdecke geplatzt, so dicht wurde das Schneetreiben innerhalb von wenigen Minuten.

Inspektor Wanner stellte den Mantelkragen hoch und rückte sich den Hut zurecht. Seine Käswurst hatte er aufgegessen, ohne weiter auf den Geschmack zu achten. Was für eine Verschwendung! Jetzt hatte er Durst. Ein würziger, aufreizender Geruch drang ihm in die Nase. Er stand vor einer Bude, an der Glühwein verkauft wurde. Mittlerweile war ihm ziemlich kalt. Ein Glühwein wäre jetzt genau das Richtige. Wanner merkte, wie ihm das Wasser im Mund zusammenlief. O nein, nur kein Fehltritt jetzt! Er hatte einen neuen Fall übernommen. Es ging darum, den Mörder eines Kindes zu finden. Für die Schwächen eines Melancholikers war in dieser Geschichte kein Platz. Er musste standhaft bleiben.

Wanner trat an den Glühweinstand. Geh gar nicht erst hin, sagte er sich gleichzeitig, lass dir lieber zu Hause einen Tee von deiner Zimmerwirtin aufbrühen.

«Haben Sie auch Saft?», fragte er die dicke Frau mit den roten Wangen, die mit einer Kelle in einem dampfenden Bottich herumrührte.

«Glühwein hab ich», sagte sie.

«Einen Saft», sagte Wanner.

«Nein.»

«Vielleicht einen Tee?»

«Was? Einen Tee? Was wollen Sie mit einem Tee? Der Tee ist im Punsch.» Sie deutete auf einen zweiten Bottich.

«Vielleicht können sie mir ja einen Tee extra kochen.»

«Extra? Sie wollen was extra? Einen Tee? Wir sind doch kein Teehaus hier.» Die Frau stemmte empört die Hände in die Hüften.

«War ja nur eine Frage», sagte Wanner.

«Hören Sie mal, ich hab Sie schon beobachtet», sagte die Dicke. «Sie sind hier schon seit zwei Stunden auf dem Markt unterwegs.»

Wanner sah sie erstaunt an. Zwei Stunden schon? Kein Wunder, dass ihm so kalt geworden war.

«Sie laufen hier die ganze Zeit herum, gehen von Bude zu Bude und kaufen nichts. Ich hab's genau beobachtet.»

Wanner sog den würzigen Duft des Glühweins ein. Der Teufel hat den Alkohol erfunden, um den lieben Gott betrunken zu machen, dachte er sehnsüchtig.

«Ich hab Sie beobachtet», sagte die Frau. «Und wenn sie nicht so anständig aussehen würden, hätte ich längst die Polizei alarmiert. Ich hab sie auch die anderen Tage schon bemerkt. Das gibt's doch nicht, dass ein Fremder hier so lange herumlungert und gar nichts kauft ... und jetzt wollen Sie einen Tee!»

«Ich suche einen kleinen Jungen», sagte Wanner mehr zu sich selbst.

«Jungen gibt's viele», sagte die Frau und rührte ungeduldig in ihrem Bottich herum.

Wanner wandte sich von ihr ab und stand jetzt fast mit dem Rücken zu ihr. «Einen Zwölfjährigen in zerlumpten Kleidern.» Er beschrieb ihr den Jungen.

«Ja, den suchen Sie mal», sagte die Frau und hörte auf zu rühren.

Als Wanner nichts weiter sagte, fügte sie hinzu: «Sind Sie ein Verwandter von diesem Bengel?»

«Wieso?»

Die Dicke stemmte beide Arme auf den Tresen und beugte sich nach vorn: «Weil ihm mal jemand die Leviten lesen sollte, deshalb.»

Wanner drehte sich um: «Haben Sie ihn denn gesehen?»

«Ja, leider», sagte sie. «Dieser Bengel!»

«Wo haben Sie den Jungen gesehen?», fragte Wanner plötzlich hellwach.

«Na wo, na wo, hier natürlich. Da drüben.» Sie deutete auf einen Bratwurststand. «Da hat er eine Wurst gestohlen. Und dort», sie deutete auf einen anderen Stand, «ein Kistchen mit Lebkuchen.»

«Lebkuchen?» Wanner spürte, wie ein Kribbeln durch seinen Körper lief. Er hatte eine Spur gefunden!

«Ja, ja!», ereiferte sich die Frau. Und dann fiel ihr etwas ein: «Aber Sie! Sie sind doch sicher ein Verwandter! Sie müssen bezahlen. Das geht so nicht! Lebkuchen sind teuer! Gehen Sie rüber. Sie müssen den Schaden wieder gutmachen, den ihr Bengel angerichtet hat. Und er muss bestraft werden.»

«Bestraft ist er schon», sagte Wanner.

«Eine Tracht Prügel», wiederholte die Frau. «Am besten gleich noch eine.»

«Man kann ihn nicht mehr verprügeln», sagte der Inspektor.

«Ach was, natürlich kann man. Lieber einmal zu viel als einmal zu wenig, glauben Sie mir.»

«Nein», sagte Wanner. Er ließ die Frau stehen und ging.

«He! Bezahlen müssen Sie!», rief die Frau ihm nach, aber er achtete nicht darauf.

Plötzlich flammten grelle Lichter auf. Die Bogenlampen waren eingeschaltet worden. Mit einem Mal war der ganze Christkindlesmarkt in ein überirdisches, helles Licht getaucht. Das dichte Schneetreiben dämpfte den grellen, elektrischen Schein und verwandelte den Platz in eine märchenhafte Szenerie.

Wanner zog sich den Homburg ins Gesicht, aber die Schneeflocken flogen ihm dennoch in die Augen.

Plötzlich stand ein uniformierter Polizist neben ihm. «Herr Inspektor …»

«Ja?»

«Der Herr Oberrat hat mich losgeschickt, um sie zu suchen.»

«Ist etwas passiert?»

«Ja. Weiter sagte er nichts. Nur dass Sie bitte mitkommen sollen.»

«Gut, gehen wir.»

Wanner folgte dem Beamten durch das Schneetreiben. Sie überquerten den Hauptmarkt. Als sie am Glühweinstand vorbeikamen, blickte ihn die Verkäuferin triumphierend an.

4 ARME DIEBE

Jacques Pistoux schwitzte. Als erfahrener Koch war er einen harten Arbeitsalltag gewöhnt. Er hatte in einem Restaurant in Nizza gelernt, war später als Leibkoch eines Lords in England beschäftigt gewesen, hatte auf einem Mittelmeer-Kreuzfahrt-Dampfer gearbeitet und auf Sizilien einem Mafioso dienen müssen. Danach hatte er in Wien die Kaffeehaus-Kultur kennen gelernt und im Elsass das Sauerkraut. Als Koch war er es gewohnt, frühmorgens aufzustehen, um auf dem Markt die Zutaten für den Tag zu besorgen. Er wusste, dass es in keinem Restaurant der Welt

Ruhepausen für diejenigen gab, die hinter den Kulissen für die Gäste sorgen mussten – vom frühen Morgen bis spät in die Nacht. Er verbrachte fast sein ganzes Leben in der engen, heißen, stickigen Küche.

Diesen Alltag war er gewöhnt. Aber die Arbeit als Bäcker war noch anstrengender. Um drei Uhr nachts wurde an seine Zimmertür geklopft. Daraufhin sprang er aus dem warmen Bett, zündete mit zitternder Hand eine Kerze an, lief fröstelnd zur Waschschüssel hin, zerschlug das Eis, wusch sich hastig Hände und Gesicht, zog sich an und hörte schon das zweite ungeduldige Klopfen an der Tür. Er eilte über den niedrigen Flur in die enge Küche, wo auf dem Herd eine mächtige Kanne mit Zichorienkaffee vor sich hin brodelte. Er bekam eine Tasse davon, nicht mehr, und dazu eine schon vorbereitete Scheibe dünn mit Butter bestrichenen Brotes. Kaum hatte er beides vertilgt, wurde er von Frau Dunkel, die noch ihren himmelblauen geblümten Schlafrock trug, in die Backstube gescheucht.

Dort lagen bereits dicke Scheite in dem mächtigen Holzofen. Noch war es bitterkalt, denn das Holz war eben erst angezündet worden. Dem Bäcker in seinem Unterhemd schien die Temperatur gerade recht zu sein. «Los, los, der Brotteig muss fertig gemacht werden!», hieß es dann auch schon. Gut so, beim Kneten des zähen Teigs wurde einem schnell warm. Der Sauerteig für das kräftige Landbrot lag in einem Bottich unter einem feuchten Tuch. Ein extra dafür vorgesehenes Fach im riesigen Ofen sorgte auch nachts für Wärme damit er gehen konnte. Der Bäcker stellte den Bottich auf den breiten Tisch in der Mitte der Backstube, und Pistoux formte runde Laibe, während der Meister den Ofen anheizte.

Pistoux war sich nicht mehr so sicher, ob es wirklich klug gewesen war, diese Stellung anzunehmen. Er war in mehrfacher Hinsicht von seinem eigentlichen Weg abgekommen.

Eigentlich hatte er vorgehabt, vom Elsass aus den direktesten Weg nach Hamburg einzuschlagen, wo man ihm eine Stelle als Koch in einem Hotel angeboten hatte. Da ihm aber die nötigen Geldmittel fehlten, war er gezwungen gewesen, auf ein günstiges Mitreiseangebot eines deutschen Händlers einzugehen, den er zufällig in Straßburg kennen gelernt hatte. Der wollte in Nürnberg Gewürze einkaufen und sie dann in Norddeutschland verkaufen. Leider ging das Geschäft schief, weil der Händler sein Geld in diversen Herbergen am Wegesrand beim Kartenspiel verlor. Zu guter Letzt hatte er seine klapprige Kutsche verpfänden müssen. Den restlichen Weg nach Nürnberg hatte Pistoux allein und größtenteils zu Fuß zurückgelegt.

Von Nürnberg aus fuhren Handelskutschen in alle Himmelsrichtungen. Pistoux hoffte deshalb, bald eine Reisemöglichkeit Richtung Hamburg finden zu können. Beinahe mittellos war er in der Gaststätte «Zum Goldenen Hufeisla» untergekommen, wo der Wirt ihm erzählte, dass nebenan in der Bäckerei ein Geselle gesucht wurde. Zwar hatte Pistoux keine Bäckerausbildung gemacht, aber in der Patisserie kannte er sich gut aus, und in Wien hatte er mit Zuckerbäckereien zu tun gehabt.

Ihm war bewusst, dass er damit in der gastronomischen Hierarchie weit abgesunken war. Zwischen Küchenchef und Bäckergeselle klaffte eine tiefe Kluft. Aber Pistoux hoffte, dass er bald wieder in seinem angestammten Beruf tätig sein würde. Und wer wusste schon, ob ihm die neuen Kenntnisse, die er nun gewann, später nicht einmal von Nutzen sein würden.

Das Holzfeuer im Ofen prasselte, in der Backstube war es nun warm. Der dicke Bäcker schwitzte schon, als er die Brotlaibe in den Ofen schob. Pistoux war bereits dabei, Weizenbrote zu formen. Sie würden später in den Ofen geschoben, weil sie schneller fertig waren. Dann kamen die kleinen Brötchen dran, die im Morgengrauen von den Bediensteten der bürgerlichen Haushalte abgeholt wurden. Sogar Croissants wurden bei Friedrich Dunkel gebacken. Er nannte sie «Hörnli», aber sie wurden genau so zubereitet wie in Paris, wo Pistoux einst zusammen mit seinem Freund Auguste Escoffier gearbeitet hatte.

Es war draußen noch stockdunkel, als die ersten Kunden den Bäckerladen betraten und von Frau Dunkel bedient wurden, die inzwischen ihren Morgenrock gegen ein blaugraues Kleid und eine weiße Schürze eingetauscht hatte. Als es endlich richtig hell wurde, gab es ein kurzes Frühstück. Es bestand aus kräftigem, mit Kümmel gewürztem Roggenbrot und einer Leberwurst, die für Pistoux' Begriffe zu sehr mit Majoran gewürzt worden war. Dazu tranken sie wieder Zichorienkaffee und frische Milch, die jemand in einer großen Bleckkanne vorbeigebracht hatte. Die Frau des Bäckers strich sich die Wurst ganz dünn aufs Brot und nahm sich aus einem Tonbottich immer wieder etwas heraus, das Pistoux für eine Art Tomatenpaste hielt, bis er merkte, dass sie auf ihre Wurst Himbeermarmelade strich. Der Bäcker wiederum schmierte sich die Wurst fingerdick aufs Brot und aß schmatzend, wobei er seine dicken Ellbogen breit auf den Tisch stemmte.

Die Pause dauerte nicht lange. Zwar waren die meisten Brötchen und Hörnli schon verkauft, und die Brote lagen ordentlich aufgereiht auf den Regalen im Verkaufsraum, aber an Arbeit fehlte es weiterhin nicht. Nun kam das Süßgebäck an die Reihe.

«Heute machen wir erst mal unsere *Busserl,* und dann kommen die *Spekulatius* dran», sagte Friedrich Dunkel.

Pistoux sah ihn neugierig an: «Busserl?», fragte er. Das Wort hatte er noch nie gehört.

«Ja, Busserl», wiederholte der Bäcker, «und Spekulatius.»

Plötzlich kicherte seine Frau. Dunkel blickte sie erstaunt an. «Was?»

Sie kicherte nochmal, und es wirkte eher so, als müsste sie hüsteln.

«Er weiß nicht, was Busserl sind», sagte die Bäckersfrau.

Dunkel zog die Augenbraue hoch und brummte: «Na, Busserl sind Busserl, oder nicht?»

Seine Frau stieß ihm den Ellbogen in die Seite. Er sah sie verblüfft an. Sie hielt sich die Hand vor dem Mund.

«Aber Friedrich!», sagte sie.

Der Bäcker wandte sich an seinen neuen Gesellen: «Wir machen *Haferbusserl, Schokoladenbusserl* und *Dattelbusserl.*»

«Und manchmal gibt's auch einfach so eins», rief seine Frau mit erstickter Stimme und schlug ihm plötzlich mit der flachen Hand auf den Oberschenkel. Dann stand sie hastig auf, hielt sich die Hand vor den Mund und stürzte aus der Küche.

«Ich weiß nicht, was sie hat», brummte der Bäcker. «Busserl sind doch bloß Plätzchen.» In seinen Mundwinkeln zuckte es, als wolle auch er jeden Moment losprusten.

Pistoux sah ihn verwirrt an.

«Na, jedenfalls werden sie aus einer Baisermasse gemacht», sagte Friedrich Dunkel schulterzuckend. «Zucker und Butter muss auch mit rein. Meine Frau hat gestern schon einiges vorbereitet. Das geht schnell.» Dann stockte er und sah Pistoux an: «Habt ihr keine Busserl in Frankreich?›

«Ich habe schon verstanden», sagte Pistoux. «Baisers gibt es auch in meiner Heimat.»

«Aha.»

«Aber was sind Spekulatius?» Für Pistoux als Franzosen war es gar nicht so einfach, dieses Wort auszusprechen.

Der dicke Bäcker stand ächzend auf. «Na, dann komm mit», sagte er.

Pistoux folgte ihm in die Backstube. Der Bäcker durchquerte die Backstube und trat in die kühle Vorratskammer, die sich dahinter befand. Als er wieder herauskam, hielt er eine mit einem Tuch abgedeckte große irdene Schüssel in den Händen. Er trug sie zum Tisch und stellte sie ab. Dann zog er das Tuch weg.

«Da, das ist der Teig», sagte er.

Pistoux warf einen Blick in die Schüssel und sah nur einen Teig, der aussah wie jeder andere auch.

«Ein Mürbeteig», erklärte Dunkel, während er sich abwandte und zum Regal ging. «Fünf Teile Mehl, zwei Teile Zucker, zwei Teile Butter, ein Teil Nüsse und natürlich Eier. Dazu Nelken, Kardamom und Zimt. Und dann wird's hiermit geformt.» Er hielt ein Stück Holz in die Höhe.

«Was ist das?»

Dunkel drehte das Holzstück um. Es war eine Form, die einen Mann in mittelalterlicher Tracht zeigte. Dunkel hatte auch noch ein Holzstück in der anderen Hand, das er jetzt umdrehte. Es zeigte eine dazu passende Frau.

Der Bäcker drehte sich um und zog einen Korb aus dem Regal. «Wir haben auch noch Tiere. Pferde, Hühner, Hirsche, Schweine, den schlauen Fuchs und alles, was das Herz begehrt.» Er stellte den Korb auf den Tisch. «Na, dann fang gleich mal an. Ich kümmere mich solange um die Busserl.» Ein Grinsen zeigte sich auf seinem Gesicht, und er verließ die Backstube, um nach seiner Frau zu sehen.

Pistoux holte sich ein Backblech und begann mit einer Lage Spekulatius-Männern. Er füllte den Teig in das mit Mehl ausgestäubte Spekulatiusmodel, rollte mit einem Nudelholz darüber, schnitt den überschüssigen Teig ab und klopfte das Plätzchen aus dem Model auf das Backblech. Dies war eigentlich eine Arbeit für einen Lehrling, aber den gab es hier ja nicht. Pistoux ging gewissenhaft zu Werke und achtete darauf, dass die Muster des Models auch wirklich deutlich auf den Teigstückchen zu sehen waren. Nach einer Weile kontemplativer Tätigkeit hatte er zahlreiche Bleche mit Männchen, Mägden, Pferden, Hirschen, Hühnern, Schweinen und Füchsen gefüllt, und der Teig ging zur Neige. Da hörte er ein Rumpeln in der Kammer.

Er horchte auf. War etwas umgefallen? Noch einmal war das Rumpeln zu hören, dann ein Scheppern. Jetzt war Pistoux alarmiert. Wer oder was machte sich dort in der Vorratskammer zu schaffen? Sein erster Gedanke war: eine Ratte. Er ließ das Model mit dem Fuchs fallen und lief zur Kammer.

Ohne zu zögern, öffnete er die Tür genau in dem Moment, als eins der Regale umstürzte. Bleche, Kisten, Schachtel, Dosen, Glasgefäße und Säcke mit Gewürzen und Nüssen kippten von den Regalböden herunter und landeten mit großem Getöse auf dem Boden. Eine Staubwolke aus Mehl und Gewürzen erhob sich und stieg ihm in die Nase.

Unter dem Durcheinander aus durcheinander gefallenen Backutensilien und unter dem Regal, das zuletzt auf den Berg von teils zerborstenen Materialien gestürzt war, zuckte etwas. Pistoux fasste unwillkürlich nach einem Stock mit einer Metallspitze, der in der Ecke stand. Er hob die Waffe, bereit zuzustoßen, wenn ein Untier sich blicken lassen würde, eine Ratte, ein Hund, eine Katze.

Säckchen und Dosen fielen beiseite, ein Arm erschien, dann ein Bein, ein Oberkörper und schließlich ein Gesicht. Es war ein Kind.

«Wer bist du?», fragte Pistoux.

Der Junge starrte ihn schreckensbleich an.

Pistoux wurde jetzt wütend. «Wer bist du?», rief er laut und hob drohend den Stab. Der Junge blickte ängstlich auf die Spitze. Dann hob er abwehrend eine Hand.

Pistoux wusste, dass er nie und nimmer mit diesem gefährlichen Gegenstand zustoßen würde. Er sah ganz deutlich, dass da vor ihm ein Kind lag. Ein Junge in Lumpen mit zerrissenen Schuhen.

Der Junge bemerkte Pistoux' Unsicherheit. Und mit einem Mal rappelte er sich auf, sprang auf die Füße, drehte sich um und rannte zur Hintertür, die auf den Hof führte. Die Tür war offen, und noch ehe Pistoux reagieren konnte, war der Junge verschwunden.

Pistoux sprang ihm hinterher, blieb in der Tür stehen und sah gerade noch, wie der Junge ihm eine Nase zeigte und hinter einem Bretterzaun auf dem Nachbargrundstück verschwand.

«Was zum Teufel ist denn hier los?», brüllte Friedrich Dunkel mit donnernder Stimme.

Pistoux drehte sich erschrocken um. Der Bäcker stand in der Tür zur Vorratskammer, mit hochrotem, wutverzerrtem Gesicht.

«Da ... war ... ein Junge», sagte Pistoux stotternd.

«Kreuzdonnerwetter!», brüllte der Bäcker. «Hab ich denn nicht ein Schloss an die Tür gemacht!»

«Du hast bestimmt vergessen, es abzuschließen», sagte seine Frau, die jetzt hinter ihm auftauchte und versuchte, zwischen ihrem Mann und dem Türrahmen hindurch einen Blick in die Kammer zu werfen.

«Ach Gott», sagte sie. «Das Regal ist umgestürzt.»

«Vandalen!», schrie der Bäcker und trat gegen eine zerbrochene Flasche die am Boden lag. «Diebe! Verkommenes Pack!»

Frau Dunkel drängte sich an ihrem Mann vorbei.

«Haben sie was gestohlen?», fragte sie.

«Es war nur einer», sagte Pistoux. «Ein zerlumpter Junge.»

«Ja, Lumpenpack!», rief der Bäcker. «Totschlagen sollte man sie alle.»

«Ich glaube nicht, dass er etwas mitgenommen hat. Er wollte wohl was zu essen stehlen. Er sah hungrig aus.»

«Pah!», rief Dunkel. «Hungrig. Etwas zu essen wollte er stehlen. Ja allerdings, aber kein Brot, mein Lieber, kein Brot, nein, nein ...» Er bückte sich, um einige Gewürzsäckchen aufzuheben.

Pistoux sah die Bäckersfrau fragend an: «Was denn, wenn kein Brot?»

«Na, Lebkuchen», sagte sie. «Diese Lausebengel haben uns die ganzen Lebkuchenherzen gestohlen.»

«Lausebengel?» Dunkel stand ächzend auf und legte die Gewürzsäcke auf ein stehen gebliebenes Regal. «Verbrecher sind das!»

Lebkuchen schmecken natürlich besser als Brot, dachte Pistoux.

Der Bäcker hob drohend die Faust. «Aber das nächste Mal werden sie teuer bezahlen», sagte er und kniff die Augen zusammen. «Ich werde giftige Köder auslegen.»

«Ach was, Friedrich, das wirst du nicht tun», widersprach ihm seine Frau.

«Doch, ich werd's schon noch tun.»

Die Bäckersfrau blickte Pistoux entschuldigend an: «Dass sie Brot nehmen, kann ich ja verstehen, oder auch Lebkuchen. Aber einmal sind sie bis in unsere Wohnstube eingedrungen, als wollten sie uns richtig bestehlen. Deswegen ist er so wütend.»

Pistoux nickte, aber so ganz klar war ihm nicht, was hier eigentlich vor sich ging.

∴ 5 ∾ AUFGEKNÜPFT Inspektor Wanner wünschte sich, man könnte die elektrische Beleuchtung vom Hauptmarkt abbauen und hier an der Pegnitz aufbauen. Er brauchte Licht, und zwar helles! Stattdessen standen sie hier am Ufer des Flusses, der die Stadt wie eine Lebensader in der Mitte durchzog, und hielten funzelige Laternen in den Händen. Mit diesen erbärmlichen Lichtquellen konnte man kaum einige Meter durch das Schneegestöber hindurchleuchten, geschweige denn erkennen, wie weit der Fluss inzwischen zugefroren war.

Zwei Wachtmeister standen neben ihm, die Hände aufs Geländer gelegt, das den kleinen Steg zum Fluss hin sicherte. Auch Doktor Seidel, der Gerichtsmediziner, war schon da. Nur Oberrat Schreiber ließ einstweilen auf sich warten. Weil er noch nicht da war, traute sich niemand, etwas zu unternehmen. Dort, wo die Lampen hinleuchtete, sah man Schneeflocken tänzeln. Sonst war es bis auf die Lichter hinter den Vorhängen der umliegenden Häuser dunkel, und man konnte kaum die schattenhaften Umrisse von Mauern und Dächern erkennen.

Ein Glück, dass es schon Abend ist, dachte der Inspektor. So konnte er zwar kaum etwas erkennen, aber wenn es hell wäre, würde es unter Garantie einen Menschenauflauf geben, ein entsetzliches Durcheinander, womöglich Panik.

Genau wie die zwei Wachtmeister und der Mediziner konnte auch Wanner seinen Blick nicht von der Brücke abwenden, die hier den Fluss überquerte. Ausgerechnet der Henkersteg, dachte er grimmig. Es war eine bebaute Brücke, ein einstöckiges, niedriges Haus stand auf dem Steg, mit schummrig erleuchteten kleinen Fenstern. Darin wohnte jemand, direkt über dem Fluss, direkt neben dem Schuldturm, der sich undeutlich, aber mächtig in den schwarzen Himmel erhob.

Wanner und seine Kollegen hatten ihre Blendlaternen direkt auf eine Stelle gerichtet, wo das kleine Wohnhaus in eine Art Lagergebäude überging. Von einer Luke hing dort ein Seilzug herab, und an diesem Seilzug baumelte etwas, was dort nicht sein sollte.

«Es ist ein Toter», hatte der eine Wachtmeister ihm bei seiner Ankunft erklärt. Sie hatten ihn durch Zufall entdeckt, als sie am befestigten Flussufer entlangpatrouilliert waren.

«Ich bin sofort los und habe den Oberrat unterrichtet, und dann habe ich Ihrer Zimmerwirtin Bescheid gesagt», sagte der zweite Polizist.

«Es ist ein Mann», sagte sein Kollege und deutete auf die Stelle, wo der Körper hing. «Sein Gesicht kann man von hier aus nicht erkennen. Er hat ja eine Kapuze auf. Von drüben gibt es keine Möglichkeit, die Stelle einzusehen, weil dort die Turmmauer ist. Aber er er trägt ein Lebkuchenherz auf der Brust.»

«Ein Lebkuchenherz?»

«Ja, sehen sie doch, dort.» Der Wachtmeister deutete auf den Toten.

Ein Herz konnte Wanner tatsächlich erkennen. Es hing an einem Band um den Hals des Erhängten, dessen Körper gänzlich von einem weiten, schwarze Umhang verhüllt wurde.

«Wer wohnt auf der Brücke?»

«Ein Kaufmann, Herr Inspektor.»

«Haben Sie schon mit ihm gesprochen?»

«Aber nein, natürlich nicht ...»

«Schwer zu glauben, dass einer jemanden umbringt und dann aus dem eigenen Fenster hinaushängt», brummte Wanner.

«Ganz recht, Herr Kommissar.»

«Ich möchte darauf hinweisen», sagte Dr. Seidel, «dass die Leiche dort womöglich herabfallen könnte. Sollten wir sie nicht endlich abschneiden?»

«Wir warten auf den Oberrat», sagte Wanner.

«Nun gut», sagte der Arzt ungeduldig. Aber der Oberrat kam nicht.

Den Männern wurde kalt. Die Schneeflocken blieben auf dem Homburg des Inspektors und dem Zylinder des Arztes liegen und versahen die Helme der Wachtmeister mit einer zuckergussartigen Verzierung. Sie stapften mit den Füßen auf den Boden, um sich warm zu halten.

Schließlich war Wanner nicht mehr bereit, weiter sinnlos herumzustehen.

«Nun gut», sagte er, «gehen wir.»

Sie stiegen über eine Treppe nach oben und gelangten um einige Ecken herum auf die Brücke. Die gesamte Brücke bestand aus mehreren ineinander übergehenden Gebäuden, durch die man in den ehemaligen Schuldturm gelangen konnte.

Inspektor Wanner betätigte den Klopfer an der niedrigen Tür und trat beiseite. Jemand sah durch das vergitterte Guckloch und fragte: «Ja bitte?»

«Polizei, aufmachen!», kommandierte Wanner.

«Oh, oh», sagte die Stimme hinter der Tür.

Es dauerte eine Weile, bis die Tür geöffnet wurde. Man hörte ein Schaben und Rumpeln, als würde jemand etwas beiseite schieben.

Dann stand ein kleiner Mann mit Hakennase und Zipfelmütze vor ihnen. Er trug einen Hausmantel, auf dem Wanner zu seinem großen Erstaunen ein wirres Muster aus Feuer speienden Drachen ausmachte. Der Mann hielt einen Leuchter mit zwei brennenden Kerzen in der Hand.

«Was wünschen die Herren?», fragte der kleine Mann.

«Wer sind Sie?», fragte Inspektor Wanner.

«Gestatten, mein Name ist Bartholomäus Wetzel.» Er verbeugte sich. «Was verschafft mir die Ehre Ihres Besuchs?»

«Sie wohnen hier?»

«Aber ja, natürlich. Die Brücke ist mein», antwortete Wetzel stolz. «Von hier aus betreibe ich meine Geschäfte.»

«Dürfen wir eintreten?» So wie Wanner es sagte, klang es wie ein Befehl.

«Selbstverständlich, mit wem habe ich denn die Ehre ...?»

«Inspektor Wanner, Kriminalpolizei.»

Wetzel sah ihn irritiert an.

«Und das ist Doktor Seidel, der Gerichtsmediziner.»

«Ein Arzt?», sagte Wetzel ratlos. Er trat beiseite, damit die Männer hereinkommen konnten. Sie mussten sich ducken, um durch die niedrige Tür gehen zu können. Wanner wies den einen Wachtmeister an, vor der Tür Posten zu beziehen, den anderen forderte er auf, mitzukommen.

Das kleine Haus war voll gestellt mit Gerümpel, das zum Teil orientalischen Ursprungs zu sein schien: Kissen, Hocker, Kommoden, Tischchen, Figuren von Elefanten, Affen, Tigern und Papageien, teilweise aus Elfenbein geschnitzt, teilweise in Holz gearbeitet, Götterfiguren aus Asien, Masken aus Afrika – alles stand und lag herum, eine Ordnung schien es nicht zu geben.

Durch eine offen stehende Tür gelangten sie in einen zweiten Raum, der mit einem Sofa, einer Chaiselongue, zwei Tischen, drei Sesseln und mehreren Vitrinen, in denen Porzellanfiguren standen, voll gestellt war. Auf dem Boden lagen dicke Teppiche, das grobe Mauerwerk wurde größtenteils durch Gobelins mit chinesischen Landschaftsmotiven verhängt. In einer Ecke stand ein kleiner runder Ofen. Es war heiß hier drin. Wanner knöpfte sich den Mantel auf und merkte, dass schmelzende Schneestücke von seinen Schultern auf den Teppich fielen. Den Hut hatte er schon beim Eintreten abgezogen.

Wetzel blieb ratlos in seinem engen Zimmer stehen: «Was?»

«Geht es da noch weiter?», fragte Wanner barsch und deutete auf die Tür an der anderen Seite des Raums.

«Ja, mein Lager ...»

«Aufmachen!»

«Aber meine Herren», sagte der Händler hilflos, «ich wüsste gerne ...»

«Los, los!», kommandierte Wanner.

Wetzel zuckte mit den Schultern und fügte sich in sein Schicksal.

Im angrenzenden Lagerraum war es kalt. Kisten und Kästen, Säcke und Säckchen, Schachteln und Schatullen, Flaschen und Porzellangefäße jeder Größe und Form lagen und standen auf roh gezimmerten Regalen oder auf dem Boden. Im flackernden Schein der Kerzen war allerdings nur wenig Konkretes zu erkennen.

«Haben Sie kein Gaslicht?», fragte Wanner.

«Aber nein», sagte Wetzel. «Hier auf der Brücke ...?»

«Womit handeln Sie?», fragte Dr. Seidel.

«Mit Gewürzen», sagte der Kaufmann kleinlaut. Er blickte jetzt sehr ängstlich drein und zuckte merklich zusammen, als Wanner ihn wieder im Kommandoton aufforderte, die Luke in der Mitte des Raums zu öffnen.

«Aber da geht es direkt zum Fluss.»

«Ja, drum», sagte Wanner.

Wetzel stellte den Kerzenleuchter auf den Boden, ging zu der von einer fensterlosen Holztür verrammelten Luke, schob einen Riegel zurück und zog die Tür auf. Augenblicklich tänzelten Schneeflocken herein. Die Kerzen flackerten im kalten Luftzug.

«Beiseite treten!», sagte Wanner.

Der Händler machte ihm Platz. Wanner trat zur Luke, beugte sich hinaus und stellte erleichtert fest, dass die Leiche dort unten noch immer ganz leicht hin- und herpendelte. Er griff nach dem Ende des Seils, das über einen Seilzug lief. Wanner winkte den Wachtmeister herbei und befahl ihm, den Seilzug zu betätigen. Es quietschte erbärmlich, während die Leiche langsam nach oben schwebte. Als sie in der Maueröffnung auftauchte, packten Wanner und der Wachtmeister zu und zogen den noch immer von dem weiten Mantel gänzlich verhüllten Körper ins Haus.

Der Gewürzhändler stieß einen leisen Schrei aus. Doktor Seidel beugte sich nach dem Leuchter und hob ihn hoch. Es wurde etwas heller im Lagerraum.

Mit viel Mühe und Anstrengung gelang es Wanner und dem Polizisten, den Körper hereinzuhieven. Dann stolperte der Wachtmeister, Wanner wurde beiseite gestoßen, und die Leiche fiel mit einem dumpfen Geräusch zu Boden. Augenblicklich stand Doktor Seidel daneben. Wanner kniete sich hin und drehte den Körper vom Bauch auf den Rücken. Das Lebkuchenherz lag jetzt auf der Brust des Mannes. Inspektor Wanner schob dem Toten die weite Kapuze aus dem Gesicht.

«Mein Gott!», entfuhr es Doktor Seidel. «Aber das ist ja Ehrenhoff!»

«Ehrenhoff?» Wanner war noch nicht lange genug in der Stadt, um alle wichtigen Persönlichkeiten zu kennen.

«Jakobus Ehrenhoff, der Ratsherr. Um Himmels willen, was ist nur passiert?»

«Ich glaube, das sollten Sie jetzt möglichst schnell herausfinden», sagte Wanner.

Er selbst nahm dem Toten behutsam das Lebkuchenherz ab und wandte sich an den Gewürzhändler, der sich in die von der Leiche am weitesten entfernte Ecke des Raums zurückgezogen hatte: «Eine Schachtel bitte, Herr Wetzel. Ich muss dieses Beweisstück sichern.»

Wetzel lief hastig los, nahm eine Schachtel vom Regal, sah nach, ob sie leer war, und reichte sie dem Inspektor, der das

Lebkuchenherz hineinlegte und die Schachtel mit dem dazugehörigen Deckel verschloss.

Wie kam ein angesehener Patrizier der Stadt dazu, sich ein Lebkuchenherz umzuhängen?, fragte sich Wanner.

«Ich glaube nicht, dass der Tod durch Erhängen eingetreten ist», sagte Doktor Seidel.

«Er ist vergiftet worden», sagte Wanner.

«Wie kommen Sie darauf?»

Wanner zuckte mit den Schultern und deutet auf den offen stehenden Mund des Toten.

«Die Zunge sieht genauso aus wie bei dem Jungen, den wir im Stadtgraben gefunden haben.»

In diesem Moment stürmte der Oberrat herein.

«Was ist hier ...?»

Er blieb abrupt stehen und starrte die Leiche an.

«Ehrenhoff?»

Dann sah er hilflos und verwirrt Wanner an. Der zuckte mit den Schultern. Was sollte er schon sagen? Für ihn war es eine Leiche wie jede andere.

6 DAS FAMILIENERBE

Als Jacques Pistoux am Morgen, oder besser gesagt mitten in der Nacht aufstand, hatte er kaum Wasser, um sich zu waschen. Es war so kalt geworden, dass die Eisschicht in seiner Waschschüssel sehr dick geworden war.

Bibbernd vor Kälte zog er sich an und eilte nach unten in die Küche, wo er dankbar seinen heißen Zichorienkaffee trank. Ein kurzer, sehnsüchtiger Gedanke an seine Heimatstadt Nizza, in der es niemals so kalt wurde wie hier in Nürnberg, dann betrat er die Backstube und nahm sich den Brotteig vor.

Nachdem sie die verschiedenen Brote und kleineren Backwaren fertig hatten und alles auf den Regalen und in den Körben im Laden lag, setzte sich Bäcker Dunkel an den großen Küchentisch und nickte nachdenklich mit dem Kopf. Seine Frau brachte die Kaffeekanne, Brot und Leberwurst und verschwand dann wieder, um die Kundschaft zu bedienen. Dunkel schmiert sich die Leberwurst heute viel bedächtiger als sonst aufs Brot, dachte Pistoux. Er aß langsamer und nippte nur an seinem Kaffee, und wirkte, als ob ihm feierlich zumute war.

Nachdem er ungewöhnlich lange geschwiegen hatte, räusperte er sich, sah seinen Aushilfsgesellen durchdringend an und sagte: «Jacques, wir haben nun einige Tage zusammengearbeitet. Ich bin zufrieden mit deiner Arbeit.»

«Danke, Meister.»

Dunkel lächelte: «Aus dir könnte sogar mal ein richtiger Bäcker werden, wenn du morgens nicht immer so müde wärst.»

«Ich gewöhne mich daran.»

«Ja, ja», sagte Dunkel. «Der Winter ist eine schwierige Zeit. Im Sommer hat es unsereiner leichter. Es wird früh hell, die Vögel zwitschern ...»

«Als Koch in einem Restaurant arbeitet man von morgens bis in die Nacht hinein. Ich bin es gewohnt, so meinen Lebensunterhalt zu verdienen.»

Dunkel nickte und widmete sich wieder seinem Leberwurstbrot. Nachdem er es aufgegessen und mit einem großen Schluck Zichorienkaffee heruntergespült hatte, sagte er: «Ja, ich weiß, du kannst arbeiten», sagte Dunkel. «Aber kannst du auch schweigen?»

«Schweigen?»

Dunkel beugte sich nach vorn und senkte die Stimme: «Ein Geheimnis bewahren.»

Pistoux war sich nicht sicher, ob er wirklich ein Geheimnis erfahren wollte. Wer ins Vertrauen gezogen wird, geht Verpflichtungen ein. Pistoux wollte von niemandem abhängig werden, er war auf der Durchreise, er gehörte hier nicht hin. Er brauchte Geld, dann würde er, ohne zu zögern, weiterreisen. Er wollte nicht, dass jemand versuchte, ihn hier festzuhalten, sei es mit Komplimenten, sei es mit Geheimnissen, die ihm erzählt wurden. Er fühlte sich unbehaglich.

«Was weißt du über Lebkuchen?», fragte der Bäcker.

«Lebkuchen?»

«Lebkuchen sind eine Nürnberger Spezialität.» Friedrich Dunkel hob die Stimme und deklamierte feierlich: «Die rechten Nürnberger Lebküchlein, welche angenehm von Geschmack und eine rechte Magenstärkung, auch angenehm beim Trunke sein, haben noch niemals, wo man sich auch darum bemühte, anderwärts können nachgemacht werden.»

Pistoux sah ihn fragend an.

«Das hat ein bedeutender Mann gesagt, Johann Christof Wagenseil. Vor zweihundert Jahren schon.»

Pistoux nickte pflichtschuldig. Von einem Wagenseil hatte er noch nie gehört.

«Aber Lebkuchen gibt es schon viel länger», fuhr Dunkel fort. Er deutet mit dem Daumen auf sich selbst: «Einer meiner Vorfahren war Lebzelter in Ulm, vor sechshundert Jahren.» Er nickte stolz. «Seit über sechshundert Jahren werden in unserer Familie Lebkuchenrezepte weitergegeben.»

Pistoux war jetzt doch interessiert. Seit sechshundert Jahren?

«Meines Wissens bin ich der Einzige, der die Familientradition noch hochhält. Lange Zeit waren die alten Rezepte verloren gegangen. Ich habe sie wieder gefunden, in einer Kiste auf dem Dachboden. Das war vor einigen Jahren. Da erst habe ich angefangen, Lebkuchen zu backen. Sie wurden besonders gut», sagte der Bäcker stolz. Dann huschte ein Schatten über sein Gesicht: «Man hat es mir geneidet und wollte es mir verbieten. Aber ich konnte beweisen, dass in meiner Familie schon Lebkuchen gebacken wurden, als in Nürnberg noch kaum einer dieses Handwerk beherrschte. Schon im 15. Jahrhundert kam einer meiner Vorfahren aus Ulm nach Nürnberg. Er wurde Mitglied der Lebküchnerzunft. Ich habe ein Dokument als Beweis bei den Rezepten gefunden. Es ist nun gut versteckt.» Er senkte die Stimme. «Es gibt so viele Neider in dieser Stadt, gerade unter den Bäckern, denn man verdient nicht schlecht mit den Lebkuchen. Ich habe einen Händler, der meine Lebkuchen in alle Welt verkauft. Meine Lebkuchen werden sogar in Amerika gegessen!»

Pistoux nickte. Aber reich geworden bist du trotzdem nicht, Bäcker Dunkel, dachte er bei sich. Oder hast du deinen Reichtum etwa nur gut versteckt, aus Angst, man könne ihn dir noch mehr neiden als nur deine uralte Rezeptur?

Dunkel erhob sich mühsam. «Ich kann dir die Dokumente nicht zeigen», sagte er verschwörerisch und lief zum Küchenschrank. «Sie sind ja gut versteckt. Ich weiß übrigens, dass man sie mir stehlen will.» Er zog eine Schublade auf und kramte darin herum. «Ich habe eine Abschrift gemacht.» Er zog eine zerfledderte Kladde hervor, drehte sich um und schlug sie auf. Einige lose Blätter fielen zu Boden. Dunkel ging ächzend und schwer atmend in die Knie und klaubte sie auf. Dann trat er an den Küchentisch und blieb davor stehen.

Mit einer plötzlichen Handbewegung und mit einem triumphierenden Grinsen im Gesicht hielt er Pistoux die aufgeschlagene Kladde hin.

«Da», sagte er, «das wird mir so schnell niemand stehlen.»

Pistoux blickte neugierig auf die Seiten. Sie waren mit eigenartigen Ornamenten beschrieben.

«Was ist das?», fragte er.

Dunkel legte das Buch sorgfältig auf den Tisch und rückte es so zurecht, dass es exakt parallel zur Tischkante lag. Dann beugte er sich darüber, indem er seine mächtigen Arme rechts und links von der Kladde auf den Tisch stemmte.

«Ich habe mir eine Geheimschrift ausgedacht», sagte der Bäcker stolz.

Pistoux versuchte, in dem Durcheinander aus Schnörkeln ein System zu erkennen, aber es war unmöglich.

«Das soll eine Schrift sein?»

«Niemand kann sie lesen, nicht mal meine Frau.»

Dunkel beugte sich noch weiter nach vorn und flüsterte verschwörerisch: «Dieses kleine Buch ist ein Vermögen wert. Man hat mir viel Geld für die Rezepte geboten, aber ich habe mich geweigert, den Familienschatz zu verkaufen.»

Pistoux nickte.

«Es ist nicht nur eine Geheimschrift», sagte der Bäcker verschmitzt, «ich hab sie außerdem auch noch in Spiegelschrift aufgeschrieben.»

Pistoux runzelte die Stirn.

«Aber ich kann es ganz einfach vorlesen. Pass auf.» Dunkel legte den Finger auf eine Stelle in der Kladde und las mit verhaltener Stimme vor: «Nimm ein Pfund Zucker, ein halbes Seidlei oder Achtellein Honig, vier Lot Zimmet, eineinhalb Lot Muskatrimpf, zwei Lot Ingwer, ein Lot Cardamumlein, ein halb Quäntlein Pfeffer, ein Diethäuflein Mehl. Mach ein Lebkuchen fünf Lot schwer.» Er richtete sich auf und sah Pistoux stolz an: «Na?»

«Ein Rezept», stellte Pistoux fest.

«Das älteste, das jemals aufgeschrieben wurde. Es ist dreihundert Jahre alt.»

«Aha.»

«Heute machen sie alle zu viel Mehl hinein. Es wird immer mehr Mehl genommen. Das verdirbt den Geschmack. Es schmeckt ja dann wie Brot. Und laben tut es auch nicht mehr. Nur noch die *Elisenkuchen* sind richtige Lebkuchen, aber sonst …» Der Bäcker machte eine abschätzige Handbewegung und verzog verächtlich das Gesicht.

«Nur wenig Mehl?», fragte Pistoux interessiert. «Aber wie hält der Teig dann zusammen?»

Der Bäcker lächelte wissend.

«Mit all dem Honig und Zucker muss er doch bei der Hitze im Ofen zerfließen», sagte Pistoux.

«Es ist ganz einfach. Warte nur einen Moment», sagte Dunkel, richtete sich auf und ging durch die Tür nach hinten in die Backstube.

Kurz darauf kam er zurück. In der Hand hielt er ein weißes Viereck. «Hier, bitte.» Er reichte es seinem Gesellen.

Pistoux nahm das Stück in die Hand.

«Das ist kein Papier», erkannte der Franzose sofort.

«Aber nein.»

«Das ist natürlich ein … ein … wie sagt man denn auf Deutsch dazu?»

«Eine Oblate.»

«Oblate.» Pistoux nickte: «Darauf kann der Teig nicht zerfließen.»

«Er klebt fest», stimmte der Bäcker zu. «Außerdem sorgt die Oblate dafür, dass der Teig nur oben knusprig wird. Die Unterseite darf nicht porös werden, sonst trocknet der ganze Lebkuchen aus. Er muss ja drinnen schön saftig bleiben.»

Pistoux nickte zustimmend. Er hatte das Lebkuchenprinzip verstanden. «Sehr nahrhaft», sagte er.

«Der Lebkuchen ist das Gesündeste, was es gibt», sagte Dunkel.

«Und das Sündhafteste», ergänzte seine Frau, die plötzlich eintrat. «Wenn ihr noch weiter hier herumschwatzt, werdet ihr die Lebkuchen heute nicht mehr fertig bekommen.»

Das war deutlich. Pistoux stand schuldbewusst auf.

«Ich habe Jacques nur die Kladde gezeigt», sagte der Bäcker. «Er muss ja schließlich wissen, um was es eigentlich geht.»

Die Bäckersfrau zog die Augenbrauen hoch: «Hat er dir das alte Rezept vorgelesen? Ja, ja, das ist sein ganzer Schatz. Aber heutzutage backt man doch ein wenig anders. Ich sage immer, man muss mit der Zeit gehen. Und wenn die Leute zufrieden sind, kann man auch mal ein bisschen mehr Mehl untermischen.»

Dunkel blickte seine Frau wütend an: «Alle anderen verderben ihre Lebkuchen mit Mehl. Und wir haben auch schon zu viel davon drin.»

«Wir müssen auch leben, Friedrich. Die anderen Zutaten sind zu teuer.»

«Unfug! Das ist Verrat! Das werde ich niemals zulassen. Die Rezepte meiner Familie sind mir heilig.»

«Und mir ist meine Kasse heilig. Du stehst ja nicht im Laden und musst den Leuten erklären, wieso deine Lebkuchen teurer sind als die anderen.»

«Aber sie sind auch viel besser!»

«Wenn's doch keiner merkt, Friedrich.»

«Ein echter Kenner merkt das sofort!»

«Wir haben nur wenige echte Kenner unter unseren Kunden.»

«Dann kann ich gleich aufhören, Lebkuchen zu backen.»

«Aber Friedrich, wir haben Bestellungen aufgenommen ...»

«Na siehst du, wir haben doch Kunden.»

«Aber natürlich haben wir Kunden, wer hat denn behauptet ...?»

«Von uns erwartet man Qualität! Unbedingte Qualität!»

Frau Dunkel zuckte resigniert mit den Schultern. Diese Debatte hatte sie wohl schon öfter verloren. «Geht an die Arbeit», sagte sie müde. «Es muss doch alles rechtzeitig fertig werden.»

Dunkels Zorn verschwand so schnell, wie er gekommen war: «Komm mit, Jacques», sagte er zu Pistoux, der die ganze Zeit mit sichtlichem Unbehagen neben dem streitenden Ehepaar gestanden hatte. «Wir müssen die *Schokoladenlebkuchen* bis heute Abend fertig haben. Und es gibt auch sonst einiges zu tun.»

Sie waren noch nicht durch die Tür zur Backstube verschwunden, da hörten sie hinter sich eine fremde Stimme: «Entschuldigen Sie ...»

Alle drei drehten sich erschrocken um.

«... ich habe im Laden gewartet, niemand kam ... ich hörte Stimmen ...»

Es war ein Herr in Gehrock und Zylinder. Er hielt einen Stock mit Silberknauf in der Hand und hatte Handschuhe an.

«Wer sind Sie, was wollen Sie?», fragte Dunkel unwirsch.

Der vornehme Herr lächelte höflich, nahm den Zylinder ab und zog sich elegant die Handschuhe aus. Dann griff er in die Innentasche seines Mantels und holte einen Brief hervor.

«Ich bringe Ihnen eine Einladung.»

«Eine Einladung?», fragte Frau Dunkel.

«Für Sie und Ihren Gatten zu einem Abendessen in kleinem Kreis.»

«Aber wer lädt uns denn zu einem Abendessen ein?» Die Bäckersfrau trat zögernd auf den Herrn zu, der hier in der kleinbürgerlichen Küche mit dem ärmlichen Mobiliar fehl am Platz wirkte.

Der Mann streckte den Arm aus und hielt ihr den Brief hin. Dabei deutete er ganz leicht eine Verbeugung an.

«Halt!», rief Friedrich Dunkel plötzlich sehr laut und herrisch. «Wer schickt diesen Brief?»

Seine Frau zuckte zusammen und blieb wie gelähmt stehen.

«Es ist eine Einladung von Herrn Leopold Schaller. Mit den besten Grüßen an Sie und Verehrung für Ihre Gemahlin.»

«Unsinn!», rief Dunkel.

«Sie werden es nicht bereuen», sagte der Mann. «Seien Sie sich dessen gewiss.»

«Schaller», flüsterte Frau Dunkel ungläubig und drehte sich zu ihrem Mann um: «Aber wir müssen doch ... der Brief ...»

«Bitte sehr», sagte der Mann in höflichem Ton und geduldigem Gesichtsausdruck. Frau Dunkel streckte die Hand aus, um den Brief zu nehmen.

«Lass es!», rief ihr Mann. «Das ist ein Komplott.»

Die Bäckersfrau war jetzt empört: «Aber ich muss doch den Brief entgegennehmen.»

Der feine Herr hielt ihn ihr jetzt geradezu lockend hin: «Gnädige Frau», sagte er und lächelte freundlich. «Sie werden es nicht bereuen.»

«Hinaus!», brüllte Dunkel so laut, dass sogar Pistoux zusammenzuckte. «Wir nehmen nichts von diesem Verbrecher entgegen! Hinaus Sie ... Lump!»

Die Gesichtszüge des Mannes verdüsterten sich. Man sah ihm an, dass er kurz davor war, die Fassung zu verlieren.

«Sie begehen einen Fehler, Herr Dunkel», sagte er mit gesenkter Stimme.

«Niemals!»

«Friedrich, still doch!»

«Ich mache mich nicht mit diesem Fabrikanten gemein!», rief der Bäcker.

«Nun denn», sagte der Mann, während er den Brief wieder einsteckte, den Zylinder aufsetzte und die Handschuhe anzog. «Sie sind also an einer Unterredung nicht interessiert. Seien Sie versichert, dass dies die letzte Einladung war, die Herr

Schaller Ihnen zukommen ließ. Sie haben sich damit um eine glänzende Zukunft gebracht.»

Damit verbeugte sich der Mann, tippte frech mit dem Stock gegen die Hutkrempe, drehte sich um und verschwand.

«So ein Schuft», murmelte der Bäcker.

Pistoux bemerkte einen Anflug von Verzweiflung auf dem Gesicht seiner Frau. Beinahe sah es so aus, als würde sie dem Mann sehnsüchtig hinterherblicken.

«Verbrecherpack», flüsterte Friedrich Dunkel. Er hatte seine Kladde mit den geheimen Rezepten an die Brust gepresst wie einen Säugling, den er vor einer bösen Bedrohung retten wollte.

7 TÖDLICHE HERZEN

Das Holz knisterte in dem kleinen Ofen in der Ecke. Wanner war am Fenster und verachtete sich selbst. Er stand da, die Hand an der Gardine, die er ganz leicht zur Seite geschoben hatte, und blickte über den Hof hinüber zum Nachbarhaus. Drüben waren wenige Fenster erleuchtet. Ihn interessierte nur ein ganz bestimmtes im Erdgeschoss, das man von hier oben gut einsehen konnte. Dort waren die Vorhänge nicht zugezogen und die Gardinen zur Seite geschoben. Es war das Zimmer eines jungen Mädchens. Das Mädchen war gerade dabei, ins Bett zu gehen. Sie ging jeden Abend um die gleiche Zeit ins Bett. Und jeden Abend spielte sich dieselbe Szene ab: Sie betrat das Zimmer, öffnete ihr langes, blondes Haar, entkleidete sich langsam und entblößte dabei einen gerteschlanken jugendlichen Körper. Dann wusch sie sich, zog das Nachthemd über, trat zum Fenster, blickte zu ihm hoch, zog die Gardinen und die Vorhänge zu und löschte das Licht in ihrer Kammer. Wanner blieb noch eine Weile am Fenster stehen und schämte sich. Vor einigen

Tagen hatte er das Mädchen auf der Straße gesehen. Sie hatte einen Mantel und eine Kapuze getragen, sodass man sie kaum erkennen konnte. Aber als sie an ihm vorbeigegangen war, hatte sie den Kopf zurückgeworfen und ihn angesehen: ein blasses Mädchen von tugendhafter Schönheit, und doch verrucht. Aber der Lump bin ich, dachte Wanner. Ich stehe hier und sehne mich dorthin, zu ihr: Es war eine Sünde. Aber warum hatte Gott solche jungen Mädchen erschaffen? Um ihn in Versuchung zu führen? Ich lobpreise die Schöpfung, wenn ich diese schönen Körper anbete, dachte Wanner. Es ist etwas Niederes dabei. Ich sollte es beichten. Andererseits, wenn Gott mich in Versuchung führt, macht er sich dann nicht mit dem Teufel gemein ...? Und wo gab's hier im protestantischen Nürnberg schon eine Kirche zum Beichten?

Es klopfte an seiner Zimmertür. Wanner schrak zusammen und ließ die Gardine zufallen. Wenn man so zusammenzuckt, fühlt man sich schuldig, entschied er. Dann räusperte er sich und rief: «Ja, bitte?»

Die Tür ging langsam auf, und Frau Esslingers Kopf erschien. Mit ihr drang ein kalter Hauch aus dem Treppenhaus ins Zimmer.

«Herr Wanner, könnten Sie nochmal bitte?»

Der Inspektor seufzte: «Ich komme.»

Er folgte der kleinen alten Frau die knarrende steile Stiege hinunter. Frau Esslinger brauchte sehr lange für die Stufen. Durch die kalte Diele gingen sie in die überheizte Küche.

«Sie hätten mich doch von unten rufen können, Frau Esslinger», sagte Wanner.

«Aber das hab ich doch», sagte Frau Esslinger. «Sie haben's nicht gehört, Herr Inspektor.»

Wanner spürte, wie ihm das Blut in den Kopf schoss.

Er folgte seiner Hauswirtin in die Küche. Dort brannte ein Adventskranz mit drei Kerzen. Schon der dritte Advent, dachte Wanner unbehaglich. Er freute sich nicht aufs Weihnachtsfest. Frau Esslinger zündete eine Lampe an, und es wurde strahlend hell in der Küche. «Ich hab jetzt Gas hier unten», hatte sie ihm stolz erklärt, als er bei ihr um eine Unterkunft angefragt hatte. «Aber nur im Erdgeschoss, oben brauchen Sie Kerzen, wenn's Ihnen nicht zu mühsam ist.»

Kerzen waren ihm recht gewesen. Weniger recht war ihm allerdings, dass er Frau Esslinger neuerdings bei der Weihnachtsbäckerei helfen musste. Auf dem mit Mehl bestäubten Küchentisch lag ein Backblech, auf dem sie einen Lebkuchenteig ausgerollt hatte. Neben dem Backblech hatte sie auf dem Tisch eine zweite Hälfte Teig ausgerollt.

«Oh», sagte sie. «Ich muss ja noch die Füllung aufstreichen. Entschuldigen Sie, Herr Inspektor. Nur einen kleinen Moment. Setzen sie sich doch.»

Seufzend machte es sich Wanner auf dem Küchenstuhl bequem. Das ist die Strafe für meine Sünden, dachte er.

Frau Esslinger griff nach einer braunen Keramikschüssel, die auf der ausgezogenen Arbeitsplatte des mächtigen Küchenschranks stand, und rührte mit einem Kochlöffel energisch darin herum.

«Sie machen *gefüllte Lebkuchen?»,* fragte Wanner, nur um irgendetwas zu sagen.

«Ja», sagte Frau Esslinger ächzend. «Das ist was Besonderes. Das Rezept hab ich von der Frau des Apothekers an der Ecke, Sie wissen schon. Es macht ein bisschen mehr Arbeit, aber wenn meine Kinder mit ihren Kindern am Weihnachtstag kommen, dann wollen ja alle immer nur diese essen.» Sie blickte ihn stolz an.

«So, so», sagte Wanner, dessen Gedanken schon wieder zurück zu dem Alabasterleib der schönen jungen Nachbarin drängten. «Und was ist alles drin?», fragte er, um sich abzulenken.

«Na, Rosinen und Korinthen natürlich und Mandeln, Zitronat und viel Johannisbeergelee.»

«Donnerwetter», sagte Wanner. «Da können sich ihre Enkel ja satt essen.»

«Aber Herr Inspektor», sagte Frau Esslinger vorwurfsvoll. «Man soll sich nicht satt essen mit Lebkuchen. Das wäre doch eine Sünde.»

Na, da gibt's wohl Schlimmeres, dachte Wanner unbehaglich. Frau Esslinger begann, die durchgemengte Masse mit dem Kochlöffel über den Lebkuchenteig auf dem Backblech zu streichen. Als sie damit fertig war, musste Wanner aufstehen und den auf dem Tisch liegenden Teig an zwei Enden anfassen. Die beiden anderen Enden nahm seine Wirtin, und gemeinsam legten deckten sie die Füllung ab. Dann öffnete Frau Esslinger den Backofen, und Wanner musste das Blech, das nun wirklich zu schwer war für die zierliche alte Frau, hineinschieben.

«Es dauert nicht lange», sagte Frau Esslinger. «Möchten Sie vielleicht solange einen Obstbrand trinken, Herr Inspektor?»

Wanner hätte schon Lust darauf gehabt, lehnte das teufliche Getränk aber mit halbwegs würdevoller Miene ab.

«Das ist schade», sagte Frau Wanner. «Wo ich doch so einen guten habe, den mein Sohn selbst gebrannt hat.»

«Dann geben Sie halt einen her, in Gottes Namen!», stieß Wanner hervor.

Seine Wirtin blickte ihn an: «Aber was denn ... doch gern», sagte sie verwirrt und holte die Flasche aus dem Küchenschrank, dessen Glastüren mit kleinen bestickten Gardinen verhängt waren. Hinter den Gardinen verstecken sich die Versuchungen, dachte Wanner. Und da stand auch schon das Gläschen mit dem Obstler vor ihm, und er stürzte es hastig in einem Zug hinunter.

Frau Esslinger begann, ein weiteres Stück Lebkuchenteig

auf einem zweiten Blech auszurollen. Dann kam wieder die Füllung, und anschließend half Wanner wieder beim Auflegen der zweiten Schicht.

Frau Esslinger verrührte nun den Puderzucker mit dem heißen Wasser, kippte etwas von dem Obstler dazu und bereitete so die Glasur vor. Wanner geriet ins Grübeln. Er dachte an sein Gespräch mit dem Oberrat und dem Gerichtsmediziner im Leichenschauhaus. Es hatte zwischen zwei aufgebahrten Leichen stattgefunden.

«Sind Sie ganz sicher?», hatte Oberrat Schreiber gefragt.

«Aber ja», entgegnete Doktor Seidel. «Zweifellos Amygdalin, in beiden Fällen.»

«Sie sind beide auf die gleiche Art zu Tode gekommen?», fragte Schreiber, der es offensichtlich nicht glauben konnte.

«Ganz recht.»

«Aber das ist doch … eigenartig», sagte Schreiber verwirrt.

«Bemerkenswert», sagte Wanner nüchtern.

Schreiber sah ihn böse an: «Das ist keine schöne Koinzidenz», sagte er tadelnd.

«Ein Mord ist immer eine unschöne Koinzidenz», erklärte Wanner. Die offensichtliche Nervosität des Oberrats beunruhigte ihn, aber er wollte sich keinesfalls etwas anmerken lassen.

«Mord?», fragte Schreiber. «Können wir denn schon von Mord sprechen? Könnte es nicht auch ein Unfall sein?»

Er will es schönreden, dachte Wanner.

«Zwei Unfälle mit Amygdalin im Winter?»

«Vielleicht ist Gift im Umlauf», sagte der Oberrat. «Bei den vielen neuen Fabriken in der Vorstadt. Man weiß doch gar nicht so genau, mit welchen Tinkturen die arbeiten.»

Tinkturen, dachte Wanner, seit wann werden denn in Fabriken Tinkturen verwendet?

Doktor Seidel räusperte sich: «Da ist noch etwas, meine Herren.»

«Noch etwas?» Man sah dem Oberrat an, dass er am liebsten keine Neuigkeiten mehr hören wollte.

«Ja, es scheint mir sehr wichtig, vielleicht sogar ein entscheidender Hinweis ...», druckste der Arzt herum.

«Was entscheidend ist, beurteile doch wohl ich», sagte der Oberrat.

«Das Lebkuchenherz ...», sagte der Arzt und stockte.

Wanner unterdrückte ein Lächeln. Er hatte so eine Ahnung, dass der nächste Satz dem Oberrat gar nicht gefallen würde.

«Ich habe unzweideutig herausgefunden, dass das Stück Lebkuchen, welches sich im Mund des Jungen befand, genau an die Stelle passt, wo sich im Lebkuchenherz des Herrn Rat eine Lücke befindet.»

«Was reden Sie denn da für wirres Zeug?», empörte sich der Oberrat.

«Er wollte sagen, dass der Junge ein Stück vom Lebkuchen Ehrenhoffs abgebissen hat und daran starb.»

«Das ist doch ... unmöglich und lächerlich.»

«Es gibt zwei Bissstellen im Lebkuchenherz», sagte Wanner. «Und zwei Personen haben abgebissen, und Doktor Seidel konnte anhand der Bissspuren und Form der Stücke nachweisen, dass sowohl der tote Junge als auch Ehrenhoff davon abgebissen haben.»

«Das Herz ist durchtränkt mit Amygdalin», sagte Doktor Seidel. «Sie haben beide davon gegessen und sind daran gestorben.»

«Aber ... ein giftiges Herz?» Schreiber blickte entsetzt auf die Leichen. «Beide ...?»

«Ich kann nur die medizinischen Tatsachen nachweisen. Für die Schlussfolgerungen sind Sie zuständig.»

Oberrat Schreiber hatte Wanner unglücklich angesehen und sich dabei auf die Lippen gebissen.

Zum Abschied hatte der Mediziner dem Inspektor noch etwas Kleines, Pelziges in die Hand gedrückt.

«Was ist das?»

«Eine Hasenpfote, die der Junge in der Hosentasche hatte.»

«Was soll ich denn damit?»

Doktor Seidel zuckte mit den Schultern und wandte sich ab. Wanner steckte die Pfote in die Manteltasche und ging.

«Jetzt muss das Blech aus dem Ofen», sagte Frau Esslinger und riss den Inspektor aus seinen Grübeleien.

Wanner stand auf und zog die Tür des Backofens auf. Frau Esslinger reichte ihm gestrickte Topflappen, und Wanner holte das Blech heraus.

«Das ist aber ein großer Lebkuchen», sagte er.

«Er wird doch später noch zerschnitten.»

Wanner stellte es auf den Küchentisch, und während er das andere Blech in den Ofen schob, begann seine Wirtin schon damit, mit einem Pinsel den Guss auf den fertig gebackenen Lebkuchen zu streichen.

Wanner schloss den Backofen, richtete sich auf und drehte sich wieder um. Sein Blick fiel auf den Küchentisch.

«Nanu», sagte er, «Sie haben ja noch ein Lebkuchenherz gemacht.»

«Ja, es war noch Teig übrig. Ich hab solche Herzen mal beim Bäcker Dunkel gesehen. Herzen werden ja nicht so oft gemacht, eher Weihnachtsmänner und Pferdchen oder Rentiere mit Schlitten oder so etwas.»

«Beim Bäcker Dunkel haben Sie Herzen gesehen?», fragte Wanner.

«Ja. Hübsch hat er die gemacht. Aber meins hier ist auch ganz schön, finden Sie nicht?»

«Wo ist denn die Bäckerei Dunkel?»

«Na, in der Wunderburggasse, direkt neben dem Goldenen Hufeisla. Aber wenn Sie ein Herzl wollen, können Sie gern dies hier haben, wenn's fertig ist.»

«Danke», sagte Wanner. «Ich nehme erst mal noch einen Obstbrand.»

«Gern, Herr Inspektor.»

∴ 8 ∴ DIE GIERIGE MAGD

Auf und ab durch die kurvigen Gassen, und immer wieder nach dem Weg fragen. Jacques Pistoux verfluchte atemlos, ächzend und schwitzend diese verwinkelte uralte Stadt, in der sich kein Fremder zurechtfinden konnte. Die Häuser drängten sich verschwörerisch zusammen, als wollten sie verhindern, dass er den richtigen Weg fand. Hinzu kam der Schnee, der über Nacht in großer Menge gefallen war. Wie sollte man da einen Handkarren ganz allein hinauf- und wieder hinunterziehen? Zwar hatten viele Bürger auf der Gasse vor ihrem Haus einen Pfad durch den Schnee freigeräumt, aber es war dennoch sehr glatt. Und besonders da, wo der Weg steil wurde, hatte bis zu dieser Morgenstunde noch niemand den Schnee beiseite gefegt.

Der Karren war bis oben hin beladen mit Kisten, in denen bunte Kartons und reliefartig verzierte Blechkisten mit sorgsam verpackten Lebkuchen jeder Art lagen. Die Bäckerei Dunkel hatte in einigen Patrizierhäusern einen guten Ruf. Aber man kaufte nur in der Adventszeit dort ein. Die übrige Zeit des Jahres ignorierte man die Arbeit des Bäckers, der deshalb Jahr für Jahr aufs Neue in finanzielle Schwierigkeiten geriet.

«Das meiste Geld verdienen wir in der Weihnachtszeit», hatte Friedrich Dunkel erklärt, während sie beim Brotbacken waren. «Die übrige Zeit im Jahr zehren wir vom Verdienst der wenigen Wochen. Ein bisschen kommt noch dazu durch die Verkäufe nach außerhalb, aber der Händler behält den Löwenanteil selbst.»

Man müsste sich einige Spezialitäten für andere Jahreszeiten einfallen lassen, hatte Pistoux gedacht, aber lieber den Mund gehalten. Er war nur auf der Durchreise, es war nicht seine Aufgabe, dem Bäckermeister Vorschläge zu machen, wie er seinen Betrieb führen sollte.

«Es wird immer schwieriger», hatte Dunkel geklagt. «Die großen Bäckereien konkurrieren heftig miteinander, und manche denken nur noch daran, möglichst viele Lebkuchen zu verkaufen. Und weil Honig, Mandeln und Nüsse teuer sind, verwenden sie immer mehr Mehl. Jetzt wird sogar schon der Teig mit Zuckersirup gefärbt, damit man nicht gleich bemerkt, dass nichts als Mehl drin ist.»

«Das müsste man den Menschen doch sagen», meinte Pistoux.

«Ja, sicher. Ich sag's ihnen ja beziehungsweise meine Frau. Aber wir haben wenige Kunden, es spricht sich nur langsam herum.»

«Man müsste Plakate aufhängen», schlug Pistoux vor, «und im Schaufenster Reklame machen.»

«Das würde der Innung aber gar nicht gefallen, wenn wir uns derart hervortun», meinte Dunkel resigniert.

«Nur der Schaller, der darf machen, was er will», warf seine Frau ein.

«Der hat ja auch eine Fabrik.»

«Und deshalb darf er machen, was er will?»

«Ein Fabrikant untersteht anderen Gesetzen.»

«Aber er ist doch dennoch ein Bäcker.»

«Meinst du das wirklich ernst?»

«Er verkauft sogar Lebkuchen.»

«Lebkuchen nennst du das?»

«Er nennt es so.»

Pistoux hatte dem Streit des Bäckerehepaars erstaunt zugehört. Sie kamen öfter auf diese Fabrik zu sprechen.

Friedrich Dunkel bemerkte seinen fragenden Blick und erklärte mit tiefer Verachtung in der Stimme: «Man macht uns Angebote.»

«Ach lass doch, Friedrich», sagte seine Frau.

«Warum soll er es nicht wissen, er hat den Kerl doch selbst gesehen.»

Pistoux knetete den Brotteig weiter, der vor ihm auf dem Tisch lag.

«Der Mann, der neulich hier war, mit der Einladung von Leopold Schaller», erklärte Dunkel, «das war sein zweiter Direktor. Bisher hat er nur Boten geschickt. Wenn es so weitergeht, wird er wohl bald selbst kommen.»

Pistoux wusste nicht, was er dazu sagen sollte, und schwieg.

«Er will unser Rezept», sagte der Bäcker, und auf seinem Gesicht breitete sich einfältiger Stolz aus. «Das von dem Elisenkuchen.»

«Lass doch, Friedrich, du wirst dich noch verplappern.»

«*Dunkels Elisenlebkuchen* sind berühmt in der Stadt. Aber wir machen nur so viel, wie bestellt werden. Sie sind etwas ganz Besonderes. Es ist ein Geheimnis dabei, das keiner kennt.» Der Bäckermeister grinste verschmitzt.

«Jetzt verplapperst du dich gleich!», mahnte seine Frau.

«Deshalb hab ich sie auch allein hergestellt neulich nachts, weil's ein Familiengeheimnis ist.»

«Jetzt ist es gut, Friedrich.»

Pistoux nickte und machte mit den Broten weiter, die er aufs Backblech nebeneinander legte. Er hatte so eine Ahnung, worauf der Bäcker anspielte. Aber er hielt sich zurück.

Pistoux erreichte endlich sein Ziel, den Egidienplatz. Rechts von ihm ragten die beiden barocken Türme der Kirche in den wolkenverhangenen, grauen Himmel. Über den Platz führten verschiedene freigeschaufelte Pfade zu den einmündenden Straßen und Gassen oder zu den großen Patrizierhäusern.

Mittelpunkt des Platzes war ein fünfstöckiges Gebäude im Renaissancestil, aus breiten Steinquadern gebaut, mit zahlreichen hohen, großen Fenstern und einem reich verzierten Giebel, den die Statue eines Heiligen zierte. Pistoux merkte, wie ihn dieses mächtige Gebäude mit den vergitterten Fenstern im Erdgeschoss einschüchterte. Dies war sein Ziel. Und wie er jetzt davor stand, fühlte er sich angesichts des Stein gewordenen Wohlstands und der Macht, die das palastartige Gebäude ausstrahlte, klein und nichtig.

Nun ja, wer war er schon? Nichts weiter als ein Bäckergeselle, im Moment sogar nur ein Dienstbote, der einen Handkarren mit Backwaren hinter sich herzog. Pistoux überquerte den Platz und blieb vor dem Portal stehen. Die beiden Türflügel waren verschlossen. Es gab keinen anderen Eingang in Sichtweite. Pistoux griff nach dem riesigen, schmiedeeisernen Türklopfer. Das laute Pochen hallte dumpf im Innern des Gebäudes wider. Doch nichts passierte. Pistoux starrte auf die Tür, die hoch angebrachten Klinken und wagte nicht, sie zu betätigen. Als nach einer Weile nichts passiert war, betätigte er den Klopfer ein zweites Mal. Dann noch einmal.

Er hörte Schritte, die Tür wurde aufgezogen, und ein Mann in Dienstbotenkleidung blickte ihn überrascht an.

«Ich bringe die Lieferung von Bäcker Dunkel.»

«Was soll das?», rief der Mann empört. «Wieso kommst du zum Haupteingang? Und noch dazu an einem solchen Tag! Bist du von allen guten Geistern verlassen?» Er blickte über Pistoux hinweg auf den Platz, als müssten dort Menschen sein, die jeden Augenblick dazukommen könnten.

«Man hat mir den Weg so erklärt», verteidigte sich Pistoux.

«Bist du neu beim Bäcker Dunkel?»

«Ja.»

«Und hast du noch gar nicht davon gehört, was passiert ist?»

«Nein, was denn?»

«Einen Augenblick.» Der Mann drehte sich um und verschwand kurz, kam dann zurück und schob den Türflügel weit auf.

«Los, komm rein, aber schnell und nicht so laut!»

Pistoux zog seinen Wagen durch den Eingang und folgte dem Mann durch einen Bogengang in den Innenhof. Es war ein prächtiger Innenhof mit einem schneebedeckten Brunnen in der Mitte. Die schneebedeckte Figur, die den Brunnen zierte, war vermutlich der Gott Apollo. Rund um den Innenhof verliefen auf mehreren Etagen reich verzierte Galerien, zu denen kleine geschwungene Treppchen hinaufführten.

Doch es war keine Zeit, Erker und Giebelchen zu bewundern. Der Bedienstete drängte Pistoux, sich zu beeilen. Im hinteren Teil des Hofs zog er eine weitere Tür auf, und sie waren im Dienstbotentrakt. Der Mann machte eine nachlässige Handbewegung: «Dorthin.» Pistoux schob den Handkarren in diesen zweiten Bogengang und stellte ihn an die Wand, damit er nicht zu viel Platz versperrte.

«Ich sag in der Küche Bescheid», sagte der Mann und verschwand über eine dreistufige Treppe und hinter einer schweren Eichentür im Haus. Es dauerte eine Weile. Zeit zu verschnaufen und nochmal einen verstohlenen Blick durch die Tür in den Innenhof zu werfen. Auf der gegenüberliegenden Galerie tauchten einige Frauen in Schwarz auf, stiegen mit gesenkten Köpfen eine Treppe tiefer und verschwanden wieder hinter einer Säule.

«Guten Tag!», hörte Pistoux hinter sich eine Stimme.

Er drehte sich um. Die Stimme gehörte einem blonden, jungen Mädchen in einem taubenblauen Kleid mit weißer Haube und Schürze. Sie war erstaunlich hübsch, und irgendetwas an ihr war herausfordernd, das merkte Pistoux sofort.

«Die Lebkuchen sind da», stellte das Mädchen mit Blick auf den Wagen fest. «Ist da auch was für mich dabei?» Sie lachte.

Pistoux zuckte mit den Schultern.

«Ich bin die Hedwig», sagte das Mädchen.

Pistoux sah sie wie gebannt an. Blondes Haar, zu einem Knoten zusammengebunden, weiße Haut und dunkle Augen.

«Und wie heißt du?», fragte sie.

«Jacques.»

«Jacques, du klingst, als seist du ein Franzose.»

«Das bin ich auch.»

«Hurra, die Franzosen sind da», sagte das Mädchen. «Na dann komm, Franzose, wir wollen die Kisten in die Küche tragen.»

Sie nahm zwei kleine Kästchen und ging voran. Pistoux folgte ihr mit zwei großen Blechkisten.

Durch einen Korridor gelangten sie in die Vorratskammer. Es war ein enger Raum, in dem sich mehrere Schränke befanden sowie Regale und große Truhen. Hedwig öffnete eine doppelflügige Schranktür und musste zurücktreten, um sie ganz aufziehen zu können. Dabei stolperte sie gegen Pistoux, der bereits dicht hinter ihr stand, und lachte. «Hoppla!» Pistoux hatte das Gefühl, dass sie einen Moment zu lange so dicht neben ihm verharrte, als würde ihr die Nähe gefallen. Sie duftete nach Lavendel. Der Geruch erinnerte ihn an seine provenzalische Heimat.

Hedwig deutet auf den leeren Schrank: «Da hinein muss alles. Was nicht in den Schrank passt, kommt obendrauf.» Damit drängte sich sich ganz langsam an ihm vorbei und lächelte dabei so fröhlich, dass man das verführerische Aufblitzen in ihren Augen kaum bemerkte.

Während Pistoux den Handkarren entlud und immer wieder den Korridor hin- und herlief, blieb sie verschwunden. Kaum war er mit dem Verstauen der letzten Lebkuchenkiste fertig und hatte die Türen des Schranks geschlossen, stand sie lächelnd in der Tür und fragte kokett: «Hast du mir auch ein Herzl mitgebracht?»

Pistoux sah sie verwirrt an. «Ein Herzl?»

«Das hat der Bäcker mir sonst immer geschenkt.»

«Alle Lebkuchen sind in den Blechkisten», sagte Pistoux. «Aber es war kein Extraherz dabei.»

«Na, so was!», sagte Hedwig. «Da hat er mich doch glatt vergessen.» Sie stemmte empört die Hände in die Hüften.

«Er hat nichts gesagt», entschuldigte sich Pistoux und überlegte, ob es vielleicht daran gelegen haben könnte, dass Frau Dunkel während des Verpackens der Lebkuchen und dem Beladen des Karrens keine Sekunde von der Seite ihres Gatten gewichen war.

Plötzlich wurde Hedwig ganz ernst. «Na ja», sagte sie und wiegte dabei nachdenklich den Kopf hin und her. «Vielleicht ist es ja auch besser so. Ich glaube, ich hätte gar keine Lust auf ein Herz gehabt, nach allem, was hier im Haus passiert ist.» Sie beugte sich nach vorn und senkte die Stimme. Wieder nahm Pistoux den Hauch von Lavendel wahr. «Es heißt nämlich, dass Herr Ehrenhoff mit einem Lebkuchenherz vergiftet wurde.»

«Herr Ehrenhoff?» Pistoux war verwirrt. Ihm fielen die schwarz gekleideten Frauen ein. Es hatte also einen Todesfall gegeben. Aber was hatte das mit den Lebkuchenherzen zu tun, die er gerade geliefert hatte?

«Seit zwei Tagen geht alles drunter und drüber», klagte Hedwig. «Dieses Jahr wird es eine schreckliche Weihnacht geben.» Sie sah ihn auffordernd an, als erwarte sie, dass er einen Kommentar abgebe. Aber Pistoux hatte nichts dazu zu sagen.

«Alles ist verstaut», sagte er. «Ich muss jetzt wieder zurück.»

«Er soll am Henkersteg gehangen haben», sagte Hedwig. «Erst vergiftet, dann aufgehängt, und das mitten in der Adventszeit. Manchen ist wirklich nichts heilig.»

Sie blockierte die Tür. Er wäre gern schnell an ihr vorbeigegangen, konnte sie aber doch nicht einfach beiseite schieben. Er trat zu ihr hin, damit sie Platz machte. Sie lehnte sich gegen den Türrahmen und wippte mit den Hüften hin und her.

«Wie ist es, Franzose, willst du mir das Herzl nicht doch noch bringen?», fragte sie und lächelte aufreizend.

«Vielleicht», sagte Pistoux. Dieses Mädchen war ihm einfach lästig.

Da schallte eine Stimme durch den Korridor. «Hedwig!»

Sie schrak zusammen, drehte sich um und lief davon. Pistoux folgte ihr. Draußen im Durchgang, wo der Handkarren stand, sah er sie mit zwei Männern stehen. Der eine war der Bedienstete, der ihn hereingelassen hatte. Der andere war groß und massig, trug einen weiten Mantel und einen Homburg und musterte interessiert den hinzukommenden Pistoux.

«Ist das der Mann?», fragte er.

«Ja», sagte Hedwig. Und dann wandte sie sich an Pistoux und sagte: «Jacques, das hier ist Inspektor Wanner von der Kriminalpolizei, übrigens ein Nachbar von mir.»

Pistoux sah Wanner an und bemerkte, wie eine plötzliche Röte sein Gesicht überzog. Der Polizist räusperte sich verlegen und fragte mit dröhnender Stimme: «Sie arbeiten in der Bäckerei Dunkel?»

«Ja.»

«Dann habe ich einige Fragen an Sie.»

⁖ 9 ⁖ GIFTIGE TINKTUR

Das Verhör fand in der Küche statt, die sich am Ende des Korridors befand. Um diese Zeit war hier noch nicht viel los. Der Inspektor schickte eine Magd, die gerade dabei war, Kohl zu putzen, hinaus und deutete auf den mächtigen, rautenförmigen Eichentisch in der Mitte.

«Setzen Sie sich.»

Pistoux blickte sich rasch um. Er befand sich in der vollausgestatteten, geräumigen Küche eines Großbürgerhauses. Es gab eine Holzfeuerstelle mit großem Kaminabzug darüber und zusätzlich einen breiten, mit allerlei Verzierungen versehenen Gasherd, daneben ein zusätzlicher Backofen. Neben der Feuerstelle hingen zahlreiche Fleischspieße in einem Eisengerüst. Pfannen, Töpfe und Kasserollen türmten sich auf den Regalen, Schöpfkellen und Siebe hingen an den Wänden, alle Arten von Geschirr stapelten sich überall, Tongefäße, Flaschen, Bottiche und Fässer standen in den Ecken herum, ebenso mit Gemüse und Obst gefüllte Körbe, Schütten, Säckchen, Mörser, Krüge – es war das Paradies für einen leidenschaftlichen Koch. Über einem einfachen Arbeitstisch neben dem Herd entdeckte Pistoux die ganze Messerpalette: Vom Schälmesser über die Couture du chef bis hin zu Ausbein- und Tranchiermesser war alles vorhanden. Unwillkürlich zuckte seine Hand in ihre Richtung. Er sehnte sich danach, endlich einmal wieder etwas anderes zubereiten zu dürfen als immer nur Brote, Kuchen und sonstige Backwaren. Was war es doch für ein wundervolles Gefühl, die geschmeidige Klinge eines Filetiermessers über den Wetzstahl zu streichen, sodass die Klinge in Windeseile scharf genug wurde, um einen darauf fallenden Bindfaden einfach zu zerteilen.

«Das würde ich Ihnen nicht raten!»

Pistoux fuhr erschrocken herum.

«Was?»

«Lassen Sie die Messer, wo sie sind. Ich verfüge über eine Schusswaffe», sagte Wanner und klopfte sich dabei auf eine Stelle unter seinem Mantel, wo sich möglicherweise eine Pistole befand.

«Es ist nur ...», sagte Pistoux. «Ich war einfach fasziniert. Mein eigenes Arbeitsgerät ging auf meinen Reisen verloren ...»

«Setzen Sie sich bitte!», verlangte der Polizist.

«Um was geht es?»

«Ich bitte Sie, sich erst einmal zu setzen.» Wanner zog einen Stuhl vom Tisch weg und nahm sich einen anderen. Er wartete, bis Pistoux sich gesetzt hatte, und nahm dann ebenfalls Platz.

«Sie bezeichnen Messer als Ihr Arbeitsgerät?», fragte Wanner, während er den Homburg abnahm, ihn verkehrt herum auf den Tisch legte und seine Handschuhe hineinwarf.

«Ja, ich bin Koch.»

«Sagten Sie nicht, Sie seien Bäcker?»

«Ich arbeite zurzeit in der Bäckerei Dunkel.»

«Als Geselle?»

«Gewissermaßen ja.»

«Dann sind Sie Bäcker.»

«Als Koch verstehe ich mich selbstverständlich auch aufs Backen.»

«Aber wenn Sie kein Bäckergeselle sind, dürfen Sie gar nicht in Nürnberg arbeiten. Das wird die Bäckerinnung niemals zulassen.»

«Danach hat mich keiner gefragt.»

«Auch Bäckermeister Dunkel nicht?»

«Nein.»

«Nun gut, darum geht es hier eigentlich nicht.»

Der Inspektor machte eine Pause. Pistoux sah den massigen Beamten mit dem dichten schwarzen Schnurrbart an. Er machte einen gequälten Eindruck, hatte aber wache Augen.

Pistoux war aufgefallen, dass er einen anderen Dialekt sprach als die Einheimischen.

«Darf ich fragen, um was es sich dreht?»

Auf Wanners Gesicht erschien die Andeutung eines Lächelns.

«Sie dürfen nicht. Aber ich werde es Ihnen zum gegebenen Zeitpunkt mitteilen.»

«Hören Sie …» Pistoux beugte sich nach vorn, wollte protestieren, aber Wanner hob warnend die Hand.

«Was führt Sie ins Königreich Bayern?»

«Es war reiner Zufall, dass ich nach Nürnberg kam. Ich bin auf dem Weg nach Hamburg, wo mich eine Stelle in einem Hotel erwartet.»

«Von woher kommen Sie?»

«Aus Straßburg, vorher war ich in Wien.»

«In Wien?», fragte Wanner interessiert.

«Ja, dort habe ich als Kellner und Koch gearbeitet.»

Wanner fuhr mit der Hand in die Manteltasche, zog etwas Längliches hervor und warf es auf den Tisch. «Was ist das?», fragte er.

Pistoux griff danach und besah sich das Ding.

«Eine Käswurst, würde ich sagen. Hab ich bislang nur in Wien gesehen. Gibt es die auch in Nürnberg?»

«Sie werden aus Wien importiert», sagte Wanner zufrieden. «Darf ich?» Er hielt Pistoux die Hand hin und nahm die Wurst wieder in Empfang. «Mein Mittagessen.»

«Was habe ich mit dieser Käswurst zu tun?», fragte Pistoux ungeduldig.

«Langsam, langsam.»

«Warum werde ich verhört?»

«Alles zu seiner Zeit. Sie sind also Franzose?»

«Ja, ich komme aus Nizza, habe einige Zeit in England verbracht, dann auf einem Kreuzfahrtschiff auf dem Mittelmeer, bin nach Sizilien verschlagen worden, habe in Wien gearbeitet, das Elsass bereist und …»

«… sind nun auf dem Weg nach Hamburg.»

«Ja. Und da mein Geld nicht ausreicht, habe ich eine Arbeit angenommen.»

Wanner nickte verständnisvoll und beugte sich nach vorn. Er zog die buschigen Augenbrauen zusammen und fragte: «Nun gut, wie verhält es sich also mit den Lebkuchenherzen?»

«Lebkuchenherzen?» Pistoux spürte, wie Wanner ihn scharf ansah, als wolle er jede noch so winzige Veränderung seines Gesichtsausdrucks wahrnehmen.

Wanner lehnte sich zurück. «Sie backen doch Lebkuchen mit Bäckermeister Dunkel? Es heißt, seine Lebkuchen seien ganz ausgezeichnet.»

«Sie sind es wirklich.»

«Und die Herzen sind ganz besonders schmackhaft.»

«Das weiß ich nicht.»

«Wie? Das wissen Sie nicht?»

«Seit ich in der Bäckerei bin, wurden keine Lebkuchenherzen mehr gebacken.»

«Sieh mal an, warum denn nicht?»

«Es werden eher andere Formen verlangt. Weihnachtsmänner, Pferde, Rentiere mit Schlitten, vor allem Tiere.»

«Sie haben also nie mit dem Bäcker Lebkuchenherzen bereitet?»

«Nein.»

«Und auch keins probiert?»

«Nein.»

«Warum nicht?»

«Ich probiere nicht alles, was in der Bäckerei gebacken wird.»

«Nein?»

«Nein, schon gar nicht Lebkuchenherzen.»

«Warum schon gar nicht?»

«Weil keine mehr da sind. Sie sind alle verkauft. Einige wurden sogar gestohlen.»

«Wurden gestohlen?» Wanner beugte sich langsam nach vorn und legte die breiten Hände zusammen.

«Ja, die Bäckerei wird immer wieder von Dieben heimgesucht.»

«Sieh mal an. Und die haben sicherlich auch die Tinktur mit dem Amygdalin mitgenommen?»

«Was für eine Tinktur?»

«Amygdalin wird aus den Kernen von bitteren Mandeln, Aprikosen und Pfirsichen gewonnen.»

«Ein Gift?»

«Ganz recht. Mit diesem Gift hat Bäckermeister Dunkel seine Lebkuchenherzen getränkt. Ein kleiner Junge wurde im Stadtgraben gefunden. Vergiftet. Er hatte ein Stück von einem Lebkuchenherz im Mund. Und Herr Ehrenhoff, seines Zeichens Ratsherr, verdienter Bürger und wohlhabender Kaufmann – Sie befinden sich hier in seinem Haus –, wurde ebenfalls mit einem Lebkuchenherz vergiftet. Es war das gleiche Herz. Und die Bäckerei Dunkel beliefert die Ehrenhoffs mit Lebkuchen.»

«Aber das ist doch lächerlich. Warum sollte er seine besten Kunden vergiften?» Pistoux bemerkte wieder den durchdringenden Blick des Inspektors und spürte, dass dieser Mann offenbar mehr Fähigkeiten hatte, als sein plumper Körper vermuten ließ.

«Ja, eigenartig, nicht? Aber mich verwundert auch, dass Sie ihn verteidigen.»

«Ich habe ihn als wohlanständigen Menschen kennen gelernt und achte ihn als Handwerker.»

«Goldene Worte», sagte Wanner.

«Warum sollte ich ihn nicht verteidigen?»

«Weil Sie sich damit selbst ins Zwielicht rücken.»

«Aber ich sagte doch schon, dass ich keine Lebkuchenherzen gebacken habe und dass keine mehr übrig waren.»

«Wir haben aber noch eine Schachtel mit Lebkuchenherzen gefunden in der Bäckerei Dunkel.»

«Nun, und was beweist das mitten in der Weihnachtszeit?» Pistoux ärgerte sich allmählich über die behäbige Hartnäckigkeit des Inspektors.

«Eines davon roch stark nach Bittermandeln», sagte Wanner.

Pistoux wäre beinahe empört aufgesprungen, hielt sich aber im letzten Moment zurück. «Amygdalin?», versuchte er möglichst ruhig zu fragen.

Inspektor Wanner nickte. «Ich habe den Bäcker verhaften lassen.»

«Sie haben ihn verhaftet? Aber das kann doch nicht ...»

«Vielleicht ist er ja dennoch unschuldig. Wenn Sie ihn wirklich so sehr schätzen, wie Sie behaupten, können Sie ihn jetzt unterstützen, indem sie sein Geschäft weiterführen. Ich glaube, seine Frau hofft sehr, dass sie das tun werden.»

Wanner stand auf und griff nach seinem Hut.

«Sie werden der Innung keine Meldung erstatten?», fragte Pistoux.

«Die Kriminalpolizei hat keine Innung», sagte Wanner, setzte sich den Hut auf und verließ die Küche.

Eine Weile saß Pistoux wie betäubt da, dann zog er sich den Mantel über und ging nach draußen zu seinem Handwagen.

Als er die Deichsel in die Hand nahm, um loszugehen, tauchte plötzlich die schöne Hedwig in der Tür auf.

«Vielleicht kommst du ja ganz bald schon wieder, Jacques», sagte sie mit einem verführerischen Lächeln, «und bringst mir doch noch ein Herzl mit.»

«Die Herzln sind giftig», sagte Pistoux und ging los.

Diesmal verließ er das Patrizierhaus durch den Dienstboteneingang und musste einen Umweg machen, um den Rückweg wiederzufinden.

Zurück ging es leichter. Die Wege waren jetzt fast alle vom Schnee geräumt und der Wagen ohne Ladung ganz leicht zu ziehen.

Die Bäckerei war geschlossen. Pistoux klopfte an die Ladentür und wurde von Frau Dunkel eingelassen. Sie hielt ein Taschentuch in der Hand und weinte.

Eine Weile standen sie hilflos voreinander. Dann sagte Pistoux, der bemerkt hatte, dass von draußen Passanten und Nachbarn neugierig hineinspähten: «Gehen wir in die Backstube.»

Dort setzten sie sich an den großen Tisch, und Pistoux wartete, bis Frau Dunkel sich wieder gefasst hatte.

«Sie habe ihn mitgenommen.»

«Ich weiß.»

«Alles ist aus. Wir sind ruiniert. Eine Schande.»

«Noch ist das letzte Wort nicht gesprochen», sagte Pistoux.

«Ach, es ist zum Verzweifeln!» Die Bäckersfrau schlug die Hände vors Gesicht.

«Ich dachte, wir hätten gar keine Lebkuchen mehr übrig gehabt», sagte Pistoux vorsichtig.

«Natürlich nicht. Sie waren alle verkauft und längst ausgeliefert.»

«Aber der Inspektor behauptet, es sei ein Karton gefunden worden …»

«Vergiftet!», rief Frau Dunkel laut aus und begann wieder zu schluchzen.

«Wie kann denn so etwas geschehen?»

«Es ist eine schreckliche Heimsuchung, Herr Pistoux, schrecklich!»

«Die Schachtel mit den Lebkuchen, von der der Inspektor gesprochen hat …»

«Er hat sie mitgenommen!», fiel ihm die Bäckersfrau ins Wort.

«Ja, ja», sagte Pistoux geduldig. «Aber wo kam sie her?»

«Woher soll ich das denn wissen?»

«Wo wurde sie denn gefunden?»

«Da hinten in der Kammer, die zum Hof führt, auf einem Regal, dort, wo so etwas überhaupt nicht hingehört.»

«Könnte Ihr Mann die Schachtel dort hingelegt haben?»

Frau Dunkel hörte auf zu schluchzen und sah Pistoux böse an: «Wie können Sie so etwas nur denken?»

«Ich sage ja nicht, dass er die Lebkuchen mit Gift getränkt hat. Aber irgendwie müssen diese Herzen ja ins Haus gekommen sein.»

Die Bäckersfrau beugte sich verschwörerisch nach vorn: «Es gibt eben Einbrecher, die holen etwas, und solche, die bringen etwas.»

In diesem Moment begann es im Hof zu poltern, und man hörte einen lauten Schmerzensschrei.

∴ 10 ∾ Niemands Geständnis

Pistoux und die Bäckersfrau sprangen auf, erstarrten für einen Moment, blickten sich erschrocken an, dann rumpelte es wieder, und sie eilten in die Kammer, deren Außentür in den Hof führte. Pistoux entriegelte die Tür, stieß sie auf und wäre beinahe der Länge nach hingeschlagen, weil ihm ein Fass vor die Füße rollte. Frau Dunkel folgte ihm. Sie blieben auf dem abgezäunten Teil des Innenhofs stehen, der zur Bäckerei gehörte, und blickten sich um. Pistoux glaubte in einer Lücke des Zauns zum Nachbarhof ein Gesicht zu sehen.

«Um Himmels willen!», rief die Bäckersfrau. «Was ist denn hier passiert?»

Sämtliche Kisten, Kästen und Fässer, die hier gestapelt worden waren, hatten sich wie von Geisterhand bewegt selbständig gemacht und waren umgekippt. Pistoux hatte an einem Nachmittag alles ordentlich übereinander gestapelt, mannshoch, damit endlich wieder Platz war hinter der Bäckerei, und nun sah er, dass seine Arbeit umsonst gewesen war. Es herrschte ein einziges Durcheinander; manche Kisten und Fässer waren sogar zerborsten.

Frau Dunkel sah ihn vorwurfsvoll an. Hatte er so schlecht gestapelt, dass alles von allein umgekippt war? Plötzlich hörten sie ein Ächzen. Das Ächzen wurde zum Stöhnen, verwandelte sich in ein Jammern. Das Jammern wurde zu Schluchzen, und dann begann jemand zu weinen.

«Was ist ...?» Frau Dunkel drehte sich ratlos um die eigene Achse.

Pistoux sah, wie sich einige Kisten bewegten. Darunter lag jemand. Jetzt entdeckte er einen ramponierten alten Schnürschuh, in dem ein dünnes Beinchen steckte. Keine Strümpfe.

«Da liegt jemand drunter.»

Frau Dunkel schrak zusammen. «Einbrecher ...», flüsterte sie.

Jetzt begann eine weinerliche Stimme zu lamentieren: «Bitte holt mich hier raus!»

«Rausholen?», fauchte Frau Dunkel. «Draufsetzen möchte ich mich am liebsten ...»

«Aber Frau Dunkel», sagte Pistoux tadelnd. Er hatte sich bereits über den Berg aus kaputten Kisten und Fässern gebeugt und damit begonnen, nach und nach alles beiseite zu räumen.

Ein zweites dünnes Bein, ebenfalls strumpflos, wurde sichtbar. Es wurde teilweise von einer lumpigen Hose bedeckt. In der Hose, die mit einem Seil an den Hüften festgezurrt war, da sie offenbar viel zu groß für den Träger war, steckte ein zerschlissener Pullover, darüber war eine löchrige Felljacke gezogen worden. Zwei schmale Hände, die sich verzweifelt hin- und herbewegten. Schließlich kam ein schmutziger Hals zum Vorschein und dann ein Kopf, dessen Gesicht von einer Strickmütze verdeckt wurde.

Pistoux zog die Mütze von dem Kopf und blickte in das erschreckte Gesicht eines Jungen von vielleicht zehn Jahren. Grüne Augen und ein wirrer blonder Haarschopf.

«So ein Bengel!», rief Frau Dunkel empört.

Als der Junge merkte, dass die schweren Kisten, die ihn heruntergedrückt hatten, beseitigt waren, blickte er um sich und richtete sich flink auf.

Die Bäckersfrau hatte wohl damit gerechnet, denn mit einem Mal stand sie neben Pistoux mit einem Besen in den Händen, den sie drohend in die Höhe hielt.

«Na warte!»

Der Junge zuckte zusammen, drehte sich beiseite, strampelte sich von den letzten Holzstücken frei, die ihn behinderten, und wollte aufstehen.

«Hier geblieben!», schrie Frau Dunkel.

Pistoux versuchte den Jungen zu fassen, bekam jedoch nur die Mütze in die Hand. Der Besen sauste hernieder, verfehlte aber sein Ziel. Der Junge sprang auf und brach sofort wieder mit einem lauten Schmerzensschrei zusammen. Die Bäckersfrau schlug mit dem Besen auf ihn ein. Der Junge jaulte auf wie ein geprügelter Hund und versuchte, sich in Sicherheit zu bringen. Aber er schaffte es nur, sich in den Schnee zu rollen, wo er sich hilflos zappelnd bemühte, den Schlägen von Frau Dunkel zu entkommen.

«Aber Frau Dunkel!», rief Pistoux. «Was tun Sie denn?»

«Ich werde euch Pack Mores lehren!», rief die Bäckersfrau

und drosch weiter auf den Jungen ein, der sich nun nicht mehr anders zu helfen wusste, als sich zusammenzurollen und den Kopf mit den Armen zu schützen. «Halt doch! Der Junge ist verletzt!», rief Pistoux.

Endlich gelang es Pistoux, der hysterischen Frau den Besen zu entwinden und sie beiseite zu drängen. An die Hauswand gelehnt, blieb sie keuchend stehen. Der Junge lag regungslos da und schluchzte erbarmungswürdig.

Pistoux trat zu ihm und wollte ihn hochziehen.

«Nicht! Mein Fuß!», rief der Junge.

Pistoux nickte: «Ich werde dich tragen.»

Er hob ihn hoch und trug ihn durch die Kammer in die Backstube, wo er ihn auf den leer geräumten Tisch in der Mitte des Raums setzte. Der Junge hob die Arme, um sein Gesicht zu bedecken, senkte sie dann und blickte Pistoux und die Bäckersfrau aus verheulten Augen an.

«Wer bist du?», fragte Pistoux.

«Niemand», sagte er, und da hatte er sich auch schon eine Ohrfeige eingefangen.

«Na warte!», rief die Bäckersfrau. «So eine freche Antwort zu geben.»

«Frau Dunkel! Hören Sie auf!» Pistoux war empört und drängt die Bäckersfrau zur Seite. Der Junge hatte wieder schützend die Arme vors Gesicht genommen.

«Sag uns deinen Namen», forderte Pistoux den Jungen auf, doch der rührte sich nicht.

«Wie heißt du?», wiederholte Pistoux.

«Niemand», murmelte der Junge hinter den gekreuzten Armen.

«Na gut, wir sehen uns jetzt erst mal deinen Fuß an.»

«Werden Sie mich jetzt vergiften?»

«Vergiften? Nein. Wieso denn das?»

Pistoux begann, den Stiefel des Jungen aufzuschnüren.

Der Schuh war in jämmerlichem Zustand, die Sohle hatte sich teilweise gelöst. Als Pistoux versuchte, den Stiefel vom Fuß zu ziehen, brüllte der Junge vor Schmerz und machte eine so heftige Bewegung, dass er beinahe vom Tisch gefallen wäre.

Pistoux ging vorsichtiger zu Werke und schaffte es, den Schuh auszuziehen, während der Junge die Zähne zusammenbiss und stöhnte. Frau Dunkel stand abseits und sah dem Ganzen mit finsterer Miene zu. Der Junge trug keine Strümpfe, sondern stattdessen einen fleckigen Stofflappen. Pistoux nahm den Lappen ab, und ein schmutziger Fuß kam zum Vorschein. Pistoux tastete ihn ab. Der Junge stöhnte. Als Pistoux den Fuß vorsichtig hin- und herbewegte, schrie der Junge laut auf vor Schmerz.

«Da ist eine Schwellung», sagte Pistoux. «Die wird noch sehr viel schlimmer werden. Der Fuß ist möglicherweise gebrochen, vielleicht auch nur verstaucht. Das kann nur ein Arzt beurteilen.»

«Ich kann nicht mehr laufen», jammerte der Bengel.

«Heute jedenfalls nicht mehr», stellte Pistoux fest.

«Ich hab Hunger», sagte der Junge.

«Ha!», hörte Pistoux die Stimme der Bäckersfrau.

«Ich hab Durst.»

«Frau Dunkel, holen Sie dem Kleinen doch mal ein Glas Milch und einen Lebkuchen.»

«Was soll ich?» Die Angesprochene stemmte empört die Hände in die Hüften.

«Er wird uns bestimmt Rede und Antwort stehen, wenn er nicht mehr hungrig ist.»

«Das ist doch ...»

«Bitte, Frau Dunkel. Wir möchten doch wissen, warum er hier herumschleicht, nicht wahr?»

«Warum, warum. Weil er ein Dieb ist!»

«Wenn Sie ihm nichts geben, wird er erst recht zum Dieb, weil er Hunger hat.»

«Herr Pistoux, es gefällt mir gar nicht, wie Sie mit mir reden.»

«Vielleicht hilft er uns ja, etwas Licht in den Fall zu bringen, wegen dem Ihr Mann in Schwierigkeiten gekommen ist.»

«Dieser Bengel?»

«Es ist doch auch ein kleiner Junge zu Tode gekommen. Durch Vergiftung, heißt es.»

«Ja und?»

Pistoux wandte sich an den Jungen: «Hast du ihn gekannt, den Jungen, den sie im Stadtgraben gefunden haben?»

Der Junge nickte.

«Weißt du, was mit ihm passiert ist?»

«Ich will Lebkuchen.»

«Frau Dunkel, bringen Sie ihm doch einen Lebkuchenmann oder so etwas.»

Die Bäckersfrau blickte noch immer widerspenstig drein.

«Ich will ein Pferd.»

«Was?»

«Ich will ein Lebkuchenpferd haben.»

«Frau Dunkel, seien Sie doch so gut und bringen Sie uns ein Glas Milch und ein Lebkuchenpferd.»

Sie zögerte, doch dann ging sie in den Laden und kam gleich darauf wieder mit einem Lebkuchenpferd in der Hand zurück, das sie neben den Jungen auf den Tisch legte. Dann goss sie aus einem großen Krug Milch in ein Glas und stellte es dazu.

Der Junge trank die Milch in einem Zug aus und wischte sich mit dem Ärmel den Mund ab. Dann begann er hastig den Lebkuchen aufzuessen. Als er fertig war, sah er Pistoux erwartungsvoll an.

«Bringen Sie ihm nochmal das Gleiche, bitte.»

«Der frisst uns noch die Haare vom Kopf.»

«Aber Frau Dunkel.»

Sie brachte nochmal das Gleiche.

Nachdem er das auch verzehrt hatte, schien der Junge weniger ängstlich zu sein.

«Wie viele seid ihr denn?», fragte Pistoux.

Der Junge sah ihn ausdruckslos an.

«Na sag schon, du bist doch nicht allein da draußen gewesen.»

Der Junge schüttelte den Kopf.

«Wie viele seid ihr?»

Der Junge hob die rechte Hand und zählte mit der anderen beim Daumen angefangen ab, bis er alle Finger durchhatte.

«Fünf?», fragte Pistoux.

Der Junge knickte den kleinen Finger wieder ein.

«Vier?»

Der Junge nickte.

«Wo wohnt ihr?»

Der Junge schüttelte den Kopf.

«Eure Eltern ...»

Der Junge schüttelte heftiger den Kopf.

«Warum kommt ihr immer hierher?»

«Wir haben Hunger. Außerdem ist das Schloss kaputt.»

«Kaputt?», empörte sich Frau Dunkel im Hintergrund. «Das ist doch ...»

«Man kann's nicht gleich sehen», sagte der Junge, «aber es ist kaputt.»

«Habt ihr die Schachtel mit den Herzen hergebracht?», fragte Pistoux.

«Hergebracht?»

«Ja.»

Der Junge blickte ihn verwirrt an. «Hierher?»

«Ja. Ihr seid eingebrochen und habt eine Schachtel mit

Lebkuchenherzen dort hinten auf ein Regal in der Vorratskammer gelegt.»

Der Junge runzelte die Stirn, als würde er angestrengt nachdenken. Pistoux wartete geduldig ab. Der Junge sah kurz zu Boden, dann schüttelte er den Kopf.

«Nein.»

«Nein? Sag die Wahrheit!»

«Wir haben die Schachtel mit den Lebkuchenherzen doch hier weggenommen!»

«Weggenommen?», fragte Pistoux.

«Diebe!», rief Frau Dunkel.

«Ja, klar, und alles aufgegessen.»

«Und?»

Der Junge grinste: «Sie haben gut geschmeckt.»

«Frecher Bengel», sagte Frau Dunkel.

«Und dann ist einer von euch gestorben», sagte Pistoux.

«Ja, aber erst ein paar Tage später.»

Pistoux war ratlos. So langsam konnte das Gift doch wohl nicht gewirkt haben. «Wie hieß denn der Junge, der gestorben ist?»

«Weiß ich nicht.»

«Hat er dir nie seinen Namen gesagt?»

«Nein.»

«Wie habt ihr ihn denn genannt?»

Der Junge zögerte, dann sagte er: «Staub.»

«Ihr habt ihn Staub genannt?»

«Ja, genau so.»

Pistoux schüttelte verwundert den Kopf. Dann trat er ein wenig vom Tisch zurück und sagte: «Du kannst jetzt nicht laufen. Was machen wir da mit dir?»

«Ich hab noch Hunger», sagte der Junge.

∴ II ∾ DER HENKER Sie zog sich wieder aus, vor seinen Augen. Die Sache war jetzt noch viel verruchter, denn sie hatten sich inzwischen persönlich kennen gelernt. Inspektor Wanner stand am Fenster seines Zimmers, hatte die Gardine beiseite gezogen und blickte in das erleuchtete Fenster gegenüber. Das ist schon ein raffiniertes Luder, dachte er mit Wohlbehagen, sie bleibt nicht einfach vor dem Fenster stehen und entledigt sich ihrer Kleider. Sie macht es spannend, geht mal nach rechts, mal nach links, sodass sie verschwindet oder manchmal teilweise verdeckt zu sehen ist. Diese Inszenierung schürte in ihm beständig das Verlangen, neue Details ihres Körpers zu entdecken.

Im ganzen Haus roch es nach Zimt. Frau Esslinger war mal wieder am Backen. Ihre zahllosen Enkel liebten nichts so sehr wie *Zimtsterne*. Auch *Ausstecherle* waren bei den Kindern sehr beliebt. Deshalb hatte Wanner, als er am Nachmittag nach Hause gekommen war, erst einmal beim Ausstechen von Monden, Sternen, Weihnachtsbäumen, Kerzen, Märchenfiguren, Postkutschen und sogar einer Eisenbahn helfen müssen. Während der stumpfsinnigen Arbeit hatte Frau Esslinger von ihren Enkeln erzählt. Wanner hatte kaum hingehört. Zu sehr war er mit seinem Fall beschäftigt, der ihm immer rätselhafter vorkam. Der verhaftete Bäckermeister Dunkel schwieg, obwohl er Wanner und dem Oberrat mehrmals vorgeführt worden war. Warum sollte der Mann ein Interesse daran haben, einen Ratsherrn zu vergiften, der ihm seit Jahren seine Lebkuchen abkaufte? Und was hatte der Ratsherr mit dem ermordeten Jungen zu tun? Wie konnte es angehen, dass beide Personen von demselben Lebkuchen abgebissen hatten? «Ein ungeheuerlicher Gedanke!», hatte der Oberrat erbost ausgerufen und Wanner damit deutlich zu verstehen gegeben, dass er keinen Zusammenhang zwischen den beiden Ermordeten herstellen sollte. Wanners Gedanken schweiften ab. Er dachte an seinen Besuch beim Gewürzhändler Wetzel auf dem Henkersteg. Er war ganz allein kurz nach Mittag durch den Schnee dorthin gestapft und hatte den schmiedeeisernen Türknopf betätigt. Nach einiger Zeit hatte er ein Schlurfen gehört, und dann war die Tür geöffnet worden. Auch am helllichten Tag trug der Gewürzhändler einen Hausmantel, aber diesmal keine Zipfelmütze, sondern einen Fes auf dem Kopf. Trotzdem sah er aus, als sei er gerade aufgestanden.

«Ah, Herr Inspektor, kommen Sie herein. Entschuldigen Sie meinen Aufzug, ich bin krank. Eine Erkältung. Es ist so zugig hier. Kommen Sie rein.»

Wanner trat wieder in den mit den exotischen Figuren und Schnitzereien voll gestellten Vorraum und wurde von Wetzel in das zweite Zimmer geführt.

Wetzel deutete auf einen Sessel neben dem Ofen. Es war viel zu heiß hier drin. Wanner zog seinen Mantel aus und setzte sich. Wetzel nahm auf der Chaiselongue Platz, halb liegend, halb sitzend, und zog sich eine Decke über die Beine.

«Was verschafft mir die Ehre Ihres Besuchs, Herr Inspektor?»

Wanner bemerkte eine seltsame Figur in der Vitrine, eine tanzende Gestalt mit sechs Armen und sechs Beinen, von der man nicht sagen konnte, ob sie einen Mann oder eine Frau darstellen sollte.

«Warum sind Sie gekommen, Herr Inspektor?», fragte Wetzel nochmals und legte theatralisch den Handrücken auf die Stirn, als wolle er damit demonstrieren, dass er Fieber hatte.

Wanner ließ seinen Blick über die chinesischen Wandbehänge schweifen. Auf einem kleinen Tisch neben der Chaiselongue bemerkte er eine kleine Vase mit durchlöchertem Deckel, aus der feiner Rauch quoll. Es roch nach unheiligem Weihrauch. «Wohnen Sie schon lange auf dem Henkersteg?»

«Mein ganzes Leben habe ich hier verbracht.»

«Aber Sie reisen oft?»

«Früher bin ich sehr viel unterwegs gewesen. Persien, Indien, China ... Aber heute fühle ich mich zu alt dafür.»

«Als Gewürzhändler, müssen Sie da nicht immer wieder im Ausland Ware einkaufen?»

«Ich habe Beziehungen geknüpft. Man liefert mir meine Ware regelmäßig.»

«Und Sie beliefern andere Geschäfte mit Gewürzen?»

«In ganz Deutschland», sagte Wetzel und richtete sich halb auf, um nach der Räuchervase zu sehen: «Stört sie der Geruch, Herr Inspektor?»

«Warum leben Sie hier auf der Brücke? Das scheint mir doch ein eher ungewöhnlicher Ort für einen wohlhabenden Mann zu sein.»

«Wohlhabend?» Wetzel lachte spöttisch. «Das sind andere.»

«Sind Sie so arm, dass Sie sich keine Wohnung in einem bürgerlichen Haus leisten können?»

«Ich bin nicht sehr beliebt, Herr Inspektor.»

«Wieso das?»

«Missgunst», sagte der Händler und setzte sich jetzt ganz aufrecht hin, abgestützt von zahlreichen Kissen.

«Missgunst? Obwohl Sie gar nicht wohlhabend sind?»

«Ich muss nicht hungern, Herr Inspektor. Und das hätte man gern, dass ich hungern muss.» Wetzel lachte hämisch. «Wegen meiner Vorfahren.»

«Was ist mit Ihren Vorfahren?»

«Entschuldigen Sie, Herr Inspektor, aber Sie sind wirklich schwer von Begriff.»

«Sie wissen wohl nicht, wen Sie hier vor sich haben!»

Wetzel hüstelte: «Sie sind nicht von hier, Herr Inspektor. Aber Sie wissen doch, dass dies hier der Henkersteg ist.»

«Ja.»

«Nun, bedenken Sie also, wen Sie vor sich haben.»

Wanner war über Wetzels hochnäsigen Ton so erstaunt, dass er die Anspielung gar nicht verstand.

«Im Übrigen ist es der Turm, der mich hier hält.»

«Drücken Sie sich gefälligst klarer aus, Herr Wetzel!»

«Der Wehrgang und der Turm dienten früher dem Henker als Wohnstatt.»

«Dann sind Sie …»

«Ein direkter Nachfahre einer Henkersfamilie. Wenn Sie so wollen, ist es noch immer meine Aufgabe … oder wäre …, falls es jemandem in den Sinn kommen sollte.»

«Ganz offensichtlich kam es jemandem in den Sinn.»

«Ein makabrer Scherz …»

«Sie bezeichnen die Ermordung von Jakobus Ehrenhoff als einen Scherz?»

«Das Leben ist ein böser Scherz, Herr Inspektor, da ist der Tod nur eine Erlösung, je theatralischer, umso fröhlicher, ein letztes Aufbäumen menschlicher Lebensenergie gegen den destruktiven Geist, der irgendwo im Universum lauert und unsere Lebenskraft vertilgt.»

Wanner sah den Kaufmann ratlos an. Wetzel blickt an ihm vorbei ins Leere.

«Der Tod ist die Erlösung», wiederholte der Gewürzhändler. «Alles Leben ist Leid, sagen die Buddhisten. Uns bleibt nur eine Hoffnung, das Nirwana. Wissen Sie, was das Nirwana ist, Herr Inspektor …?»

«Hören Sie auf mit diesem Gerede!»

Wetzel klatschte in die Hände: «Nichts! Gar nichts! Stellen Sie sich das mal vor!»

Der Händler klatschte in die Hände und lachte. Er wollte gar nicht mehr aufhören damit.

«Schluss jetzt!», rief Wanner und sprang vom Sessel auf.

Wetzel verstummte augenblicklich und sank auf seiner Chaiselongue in sich zusammen. Er legte den Kopf zur Seite und blickte mit verdrehten Augen zu Wanner hoch, den Mund halb offen: «Der Henker ist der Erlöser», hauchte er.

Ich werde ihn mitnehmen müssen, dachte Wanner, möglicherweise hat er den Ratsherrn nur aus einem irrwitzigen Trieb umgebracht und in geistiger Umnachtung aufgehängt. Er spürte, wie er eine Gänsehaut bekam.

«Und der Turm? Was ist mit dem Turm?»

Der Gewürzhändler war plötzlich wieder hellwach, setzte sich gerade hin und antwortete: «Es war einmal der Schuldturm, nun befindet sich dort mein Lager. Wollen Sie es sehen?»

«Ich bitte darum.»

«Kommen Sie.»

Wanner folgte dem Kaufmann in den Lagerraum, durch dessen Fenster sie neulich nachts die Leiche des Ratsherrn gezogen hatten. An dem Abend, als Wanner mit dem Oberrat hier gewesen war, hatte sich Wetzel ganz anders benommen. Ängstlicher war er gewesen. Offenbar fühlte er sich jetzt sicher. Weil man den Bäcker verhaftet hatte?

Sie traten durch eine schwere, eisenbeschlagene Eichentür.

«Unten im Keller ist es zu feucht, ich benutze nur dieses Stockwerk und das darüber.»

Durch Schießscharten und niedrige Luken fiel nur wenig Tageslicht in den Raum. Wanner sah nur Säcke, Fässer und Kisten. Aber er roch etwas. Es roch scharf und würzig und nach Pfeffer und Gewürzen, für die er keinen Namen wusste.

«Ich habe hier zehn verschiedene Sorten Paprika aus Ungarn und Spanien», sagte Wetzel und deutete mit der Hand auf verschiedene Kisten. «Seltene Kümmelsorten aus Indien, Süßholz aus Afghanistan, Barberé aus Arabien und viele andere Sachen mehr.»

Im oberen Raum zeigte der Händler dem Inspektor zahllose Säcke mit Nusssorten aus aller Herren Länder und ließ ihn an Anisblüten, der Rinde des Zimtstrauchs, an Myrtenbeeren, Kardamomschoten und getrockneten Muskatblüten riechen. Auch Datteln, Feigen, Rosinen und kandierte Früchte lagerte er hier.

«Ich wünschte, ich hätte das alles schon verkauft», murmelte der Händler.

Irgendetwas Verdächtiges konnte Wanner beim besten Willen nicht feststellen. Sein Misstrauen verflog. Dennoch fragte er nach dem Keller des Turms.

«In den Keller können wir nicht gehen», sagte Wetzel. «Das ist ganz unmöglich, er ist überflutet.»

Nachdem er den Gewürzhändler wieder verlassen hatte, hatte sich Wanner dafür getadelt, dass er nicht darauf bestanden hatte, den Keller zu besichtigen. Aber der Gedanke, womöglich mit einer Kerze in der Hand, durch knietiefes Wasser zu waten und flüchtenden Ratten hinterherzusehen, war ihm äußerst unangenehm gewesen.

Es klopfte an der Zimmertür. Der Inspektor schreckte hoch und ärgerte sich. Er war so sehr in Gedanken versunken gewesen, dass er gar nicht mehr darauf geachtet hatte, was drüben im Fenster passiert war. Gerade zog sich das Mädchen das Nachthemd über den nackten Alabasterleib.

Hinter Wanner ging die Tür auf. Er zuckte zusammen, zog hastig die Gardine vors Fenster und wirbelte herum. «Frau Esslinger, was zum Teufel ...»

«Aber Herr Wanner, ich rufe doch schon die ganze Zeit!»

«Was ist denn los, in Gottes Namen?»

Frau Esslinger rang die Hände, erschrocken über die unwirsche Art ihres Untermieters.

«Ja, entschuldigen Sie, aber Sie hatten doch ...»

«Ich hatte was?», fragte Wanner laut, um seine eigene Verwirrung zu kaschieren.

Frau Esslinger holte tief Luft: «Sie hatten doch versprochen, mir beim Glasieren der Zimtsterne zu helfen.»

Auch das noch, dachte Wanner.

«Können Sie das denn nicht allein?»

«Aber ich muss doch die *Weihnachtsstollen* fertig machen. Und ich weiß gar nicht, ob ich noch genug Orangeat im Haus habe.»

«Was backen Sie auch so viel! Wer soll das denn alles essen?»

«Aber die Verwandtschaft, Herr Wanner! Es muss doch jeder einen Stollen kriegen ...»

«... und Zimtsterne und Lebkuchen und zahllose verschiedene Sorten von Plätzchen.»

«Ja, ich fülle alles in kleine Säckchen, die dann jeder bekommt.»

«Sie übertreiben maßlos, Frau Esslinger.»

«Sie haben gut reden, Herr Inspektor, Sie haben ja keine Verwandtschaft.»

Da hatte sie Recht. Er hatte niemanden. Für ihn waren Weihnachten und schon die ganze Adventszeit vorher ein einziges Trauerspiel. Er seufzte. Es war einfach lächerlich, in der Küche zu stehen und wie ein kleiner Junge Plätzchen mit Zuckerguss zu bepinseln.

«Sie müssen auch noch die Ausstecherle bunt anmalen», sagte Frau Esslinger.

Plötzlich ging sie an ihm vorbei zum Fenster und zupfte die Gardine zurecht.

«Was machen Sie denn immer hier am Fenster, Herr Wanner?», sagte sie vorwurfsvoll.

«Kommen Sie», sagte der Inspektor. «Wir gehen in die Küche.»

∴ 12 ∴ ENGELSTRÄNEN

Der hart gefrorene Schnee knirschte unter Pistoux' Stiefeln. Es war ein klarer Tag, die Luft eiskalt, der Himmel strahlte hellblau. Er zog den Handkarren über die rutschigen Wege. Hier und da türmten sich kleine Schneeberge an den Häuserwänden. Aber auch die freigeräumten Pfade in den Gassen waren tückisch, weil man auf dem spiegelglatten Pflaster sehr leicht ausrutschen konnte. Am frühen Morgen und bei dieser Eiseskälte waren nur wenige Menschen unterwegs, alle in langen Mänteln, mit Schals, Mützen oder warmen Hüten und Handschuhen. Er hatte sich einen Schal und Handschuhe von Frau Dunkel geben lassen. Ihr Mann brauchte sie nicht, er saß ja im Gefängnis, weil man ihm vorwarf, einen heimtückischen Giftmord an einem der verdientesten Bürger der Stadt begangen zu haben.

Die Nachricht von dem angeblichen, schändlichen Vergehen des Bäckers hatte sich wie ein Lauffeuer in der Stadt verbreitet. Selbst treue Kunden mieden es jetzt, in der Bäckerei Dunkel einzukaufen. Die Bäckersfrau war kurz davor, zu verzweifeln. Sie hatte ihren französischen Aushilfsgesellen angefleht, bei ihr zu bleiben, sich nicht von den ausgestreuten Gerüchten und der üblen Nachrede beeinflussen zu lassen. Manche Stammkunden des Bäckers in der Wunderburggasse stellten erleichtert fest, dass sie noch am Leben waren, und teilten diese Erkenntnis bei jeder Gelegenheit allen anderen mit. «Wer jetzt noch beim Bäcker Dunkel kauft, ist eindeutig lebensmüde», hieß es. Und jeden, der aus Unkenntnis, oder weil er doch nicht an die schaurigen Behauptungen glaubte, noch dort einkaufte, behandelte man wie einen Todeskandidaten.

Es gab auch vereinzelt andere Stimmen, die behaupteten, vor der Ankunft des Franzosen sei der Bäcker ein wohlanständiger Bürger gewesen. Also musste dieser mysteriöse neue Geselle an dem Unglück schuld sein, das über die Familie Dunkel gekommen war. Manche tuschelten auch hinter vorgehaltener Hand über einen Komplott von Frau Dunkel und dem Franzosen. Man wusste ja, wie die Franzosen mit Frauen umgehen konnten, deutschen zumal. Im Süßholzraspeln waren sie ganz groß, das hatte man ja während der napoleonischen Besatzung beobachten können. Warum sollte dieser Franzose da eine Ausnahme machen? Vernünftigere gaben allerdings zu bedenken, dass Frau Dunkel alles andere als eine gute Partie war, sie war zu alt, nie eine Schönheit gewesen und verfügte noch nicht mal über Vermögen. Trotzdem hatte eines Nachts ein Unbekannter, der ein paar Gläser Bier zu viel getrunken hatte, unter einem Fenster des Dunkel'schen Hauses gestanden und ein bekanntes Lied mit abgewandeltem Text gegrölt.

Es war einmal ein böser Husar,
Der liebte eine alte Mar.
Die alte Mar tat Gift ins Brot,
Und morgen ist ihr Mann schon tot.

Pistoux tat so, als würde ihn dies alles nichts angehen, und ging seiner Arbeit nach. Immerhin gab es noch einige treue Kunden, die auch weiterhin Waren aus der Bäckerei Dunkel bezogen. Pistoux hatte inzwischen genug gelernt, um die Dunkel'schen Spezialitäten originalgetreu backen zu können. Die Bäckersfrau half ihm dabei, und neuerdings hatten sie sogar einen Lehrling: Der Junge mit dem verstauchten Fuß schien großen Spaß an der Arbeit in der Backstube zu haben. Zwar war er immer noch nicht bereit, seinen Namen zu nennen, aber er hatte von sich aus vorgeschlagen, dass er mithelfen könnte.

Daraufhin hatte Frau Dunkel ihn in eine Zinkwanne mit heißem Wasser gesetzt und trotz lautstarker Proteste mit Bürste und Seife abgeschrubbt. Und nun half er jeden Tag schon ab der frühesten Stunde beim Herstellen von Broten und bekam glänzende Augen, wenn Pistoux ihm versprach, dass er, wenn das Brot fertig war, beim Plätzchenbacken mithelfen durfte. Am liebsten bereitete «der Junge», wie Frau Dunkel und Pistoux ihn einfach nannten, *Spritzgebäck* und *Schokoladenbrezeln* zu, denn dabei war Fingerspitzengefühl vonnöten, und er freute sich jedes Mal, wenn er beim Spritzgebäck eine neue Form gefunden hatte, die Pistoux' Anerkennung fand. Aber am liebsten aß er die *Orangen- und Rosinenplätzchen*. Die musste Frau Dunkel sofort, nachdem sie aus dem Ofen gekommen waren, in Sicherheit bringen, sonst hätte er sich eine Magenverstimmung geholt. Der Junge schien fröhlich zu sein. Aber verstockt war er schon, denn über seine Herkunft wollte er nichts sagen. Und sein Fuß wurde nicht besser, deshalb konnte er sich nur am Tisch sitzend nützlich machen, für das Ausfahren der Ware war er nicht zu gebrauchen. Aber, so dachte Pistoux, wahrscheinlich wäre er auch sofort wieder ausgebüxst. Für Frau Dunkel war die Anwesenheit des Jungen ein Trost in schwerer Zeit. Sie, die nie eigene Kinder gehabt hatte, entdeckte ihre mütterlichen Gefühle und stellte sogar einen Adventskranz in der Backstube auf. Dann sang sie mit dem Jungen weihnachtliche Lieder – und brach mitunter plötzlich ab und begann zu weinen, weil sie an ihren Mann denken musste.

«Ich bete jeden Abend, dass Friedrich uns wiedergegeben wird, wenn alle Kerzen brennen», sagte Frau Dunkel. «Ich kann doch nicht Weihnachten feiern ohne ihn, das kann ich doch nicht.» Und wieder fing sie an zu schluchzen.

Pistoux erreichte den Hauptmarkt. Die Buden des Christkindlesmarkts waren so früh am Tag noch nicht geöffnet. Aber hier und da waren Budenbesitzer schon dabei, die nötigen Vorbereitungen zu treffen. Holzkohle wurde angezündet, damit später die kleinen Bratwürstchen geröstet werden könnten. Gasbetriebene Rechauds wurden in Betrieb genommen, um den Glühwein zu erhitzen. Auch die Maroniverkäufer bezogen schon Posten und entfachten das Feuer in ihren Blechkübeln, auf denen sie dann die Esskastanien rösten würden.

Pistoux zog seinen Wagen unter einem mächtigen Adventskranz hindurch, der am Ende der Gasse sozusagen als Vorankündigung des weihnachtlichen Marktes zwischen den Häusern hing. In der Mitte des Christkindlesmarktes ragte ein hoher, geschmückter Tannenbaum auf, darum herum standen die aus Holz gezimmerten Buden. Den Rand des Marktes säumten seltsame Gebilde, die so gar nicht zu dem Weihnachtsschmuck, der die Buden verzierte, und den aus Tannenzweigen geflochtenen Girlanden zwischen ihnen passen wollte. Es waren die Bogenlampen der Elektrofirma Siegmund Schuckert. Sie umringten den Hauptmarkt wie ein Regiment fremdartiger Soldaten und waren durch dicke Kabel miteinander verbunden, von denen es hieß, man dürfe ihnen nicht zu nahe kommen, sonst sei es um einen geschehen. Aus diesem Grund hatten sich auch die Ladeninhaber der Kolonnaden am nördlichen Teil des Marktes gegen diese beängstigende und hässlich anzusehende Errungenschaft der modernen Technik gewandt. Die Budenbesitzer wiederum verteidigten die elektrische Beleuchtung, weil sie als besondere Attraktion zusätzliche Besucher anlockte.

«Ah, der Herr Pistoux», sagte die Frau, die gerade die Läden ihrer Holzbude aufgeklappt hatte. «Das ist schön, dass Sie heute kommen. Ich brauche dringend Nachschub.»

In ihrem dicken Mantel sah Frau Pannartz aus wie ein gestauchter Riesenkegel. Ihr Gesicht war kugelrund, der Mund leicht schief, und sie sprach lauter, als es nötig gewesen wäre.

«Nur die Herzen», sagte sie, «die Herzen will keiner mehr haben. Wegen der unseligen Geschichte, Sie wissen schon.»

«Ja.»

«Ich hätte sie ja weiter verkauft, verstehen Sie mich recht, aber nicht mal die Auswärtigen wollten sie haben, denn denen haben sie es auch schon brühwarm erzählt.»

«Ist gut, Frau Pannartz.»

«Eine Schande ist das, einen Menschen so schnell zu verurteilen. Dabei war er doch ein verdienter Bürger. Niemand backt so herrliche Lebkuchen ... na ja.» Sie hielt inne. «Wer backt sie eigentlich jetzt?»

«Es sind noch genügend übrig, keine Angst.»

«Ich habe mal Ihre Haselnusstörtchen probiert, die Sie mir das letzte Mal mitgebracht haben, Herr Pistoux. Ist das Ihr eigenes Rezept?»

«Eine kleine Erfindung. Die Idee kam mir beim Backen von Plätzchen und Makronen. Ich dachte mir, man könnte doch Makronen mit Törtchen verbinden und ...»

«Ja, ja, Herr Pistoux. Mein Mann hat sie mir alle weggefuttert. Er war begeistert. Ich weiß gar nicht, was in ihn gefahren ist. Haben Sie noch mehr davon?»

«Ich kann noch mehr backen, sehr gern.»

«Ich möchte sie zusätzlich zu den Lebkuchen anbieten. Es müsste doch mit dem Teufel zugehen – entschuldigen Sie –, wenn man mir diese wunderbaren Törtchen nicht aus den Händen reißt.»

Pistoux lächelte zufrieden. Das war ein großes Kompliment. Dabei hatte er nur ein bisschen herumprobiert, und herausgekommen waren dabei seine *Haselnuss-Makronen-Törtchen*. Er fand sie ja selbst sehr schmackhaft, aber Frau Dunkel hielt das Rezept für übertrieben aufwendig.

«Ich werde ihnen das nächste Mal einen Karton mitbringen.»

«Tun Sie das, Herr Pistoux.»

Pistoux versprach es noch einmal und begann, die Kisten mit den Lebkuchen zu entladen und in die Bude zu tragen, wo Frau Pannartz sie in ihre Vitrine legte.

Als er fertig war, fragte er: «Und wo sind die Herzen, die ich wieder mitnehmen soll?»

«Ach so, die Herzen. Ich hab sie hier.» Frau Pannartz bückte sich und holte eine große Blechkiste hervor, die sie Pistoux durch die Luke nach draußen reichte. Pistoux stellte die Kiste auf den Handkarren.

Frau Pannartz beugte sich aus der Bude und flüsterte verschwörerisch: «Ich glaub nicht, dass sie vergiftet sind, so was riecht man doch, oder?»

«Manchmal schon.»

«Aber es will sie ja trotzdem keiner mehr haben. Ich hab's immer wieder versucht. Nicht mal die Auswärtigen ...»

«Ich glaub's Ihnen ja, Frau Pannartz.»

«Na gut, also dann ... vielen Dank. Ich zahl Ihnen die neue Lieferung dann das nächste Mal, wenn Sie die Haselnusstörtchen bringen.»

«Schon morgen, Frau Pannartz, schon morgen.»

«Ist recht.»

Sie verschwand in ihrer Bude und begann, eifrig herumzuwirtschaften, als wolle sie vermeiden, noch einmal auf das Thema Geld zurückkommen zu müssen.

Pistoux fasste nach der Deichsel und machte sich auf den Rückweg. Er hatte sich angewöhnt, die schmaleren Gassen zu nehmen, wo weniger Betrieb war. Inzwischen war er in der Stadt nämlich schon als «der Franzose von den Dunkels» bekannt, und seit der Verhaftung des Bäckermeisters wurde er angegafft, es wurde hinter ihm getuschelt, und einmal war er sogar bedroht worden. Ein solches Spießrutenlaufen durch die Hauptgassen wollte er gerne vermeiden, auch auf die Gefahr hin, dass er Umwege nehmen musste oder sich einmal verlief.

Die Gasse, die er sich diesmal ausgesucht hatte, war düster, die Häuser besonders schief. Kein Mensch lief hier entlang.

Pistoux war es recht so, auch wenn es mühsam war, denn hier hatte sich niemand die Mühe gemacht, den Schnee fortzuräumen. Es war mühsam, den Handwagen zu ziehen.

Pistoux war ganz in Gedanken. Gerade war ihm eine Idee gekommen, wie er mit Rosinen, Mandeln, Feigen, Pflaumenmus und viel Marzipan eine ganz besonders leckere weihnachtliche Süßigkeit herstellen könnte, da sah er, wie ihm im Zwielicht der engen Gasse ein Engel entgegenkam.

Ein Engel? Ja, tatsächlich. Pistoux blieb unwillkürlich stehen. Der Engel kam ganz langsam näher. Er hatte goldenes Haar, trug ein langes weißes Kleid und zwei Flügel. Außerdem eine Krone auf dem Kopf. Er schien zu schweben.

Doch kurz bevor er bei Pistoux angekommen war, strauchelte der kleine Rauschgoldengel und fiel hin. Dabei gab er keinen Laut von sich, sondern blieb einige Schritte von Pistoux entfernt auf dem eisigen Schnee liegen. Die goldene Krone war ihm vom Haupt gefallen und rollte beiseite.

Pistoux näherte sich eilig und ließ die Deichsel des Wagens los. Hörte, wie der kleine Engel jammerte. Er kniete sich neben ihn und fragte: «Hast du dir wehgetan?»

Der Engel hatte den Kopf auf die Arme gebettet und weinte. Es klang, als würde er es gar nicht ernst meinen.

«He, kleiner Engel», sagte Pistoux und legte dem seltsamen Wesen eine Hand auf die schmale Schulter. «Steh doch auf. Es ist bestimmt nichts passiert.»

Der Engel schluchzte nur. Pistoux blickte nach rechts und links. Was sollte er tun? Zu wem gehörte dieser Engel?

Aber noch ehe er zu einem Entschluss kommen konnte, sprang der Engel auf, lief davon und verschwand mir nichts, dir nichts zwischen zwei Häusern.

Pistoux stand auf und schüttelte den Kopf. Dann wandte er sich um und bemerkte, dass sich sein Handkarren in Luft aufgelöst hatte.

∴ 13 ∼ TOTENKOPF

Wanner entschloss sich, Hedwig zu besuchen. Wegen des Herzens, sagte er leicht verächtlich zu sich selbst. Außerdem machte ihn Frau Esslinger langsam wahnsinnig mit ihren fanatischen Bäckereien. Jeden Abend verlangte sie aufs Neue von ihm, dass er in die Küche kam. Und jeden Tag fielen ihr neue Arten von Plätzchen, Küchlein oder Süßigkeiten ein, bei deren Zubereitung sie seine Hilfe brauchte. Mal schaffte sie es nicht, die einzelnen Teigteile für die *Spitzbuben* übereinander zu setzen, weil ihre Hände angeblich zu zittrig waren, mal dachte sie sich aufwendige Kuvertüren aus, zum Beispiel für die *Haselnussherzen,* die nur ein «junger Mann, der nicht so zittrig ist» sauber auftragen konnte. Als nach den *Walnusstalern* und den *Schokomakronen* auch noch die *Seufzerle* an die Reihe kamen, riss dem Inspektor der Geduldsfaden. Einen Abend lang saß er im Wirtshaus «Zum Maulbeerbaum» vor einem großen Bierkrug und brütete vor sich hin. Aber zum einen schmeckte ihm der hiesige Gerstensaft nicht so gut wie der in München, zum anderen war es ihm zu laut. Ständig kam jemand an seinen Tisch und wollte einen Bericht über die Fortschritte der Ermittlungen haben. Dabei interessierte es kaum jemanden wirklich, was mit den beiden ungleichen Mordopfern, dem armen Jungen und dem prominenten Ratsherrn, geschehen war und warum. Man führte einfach gern forsche Reden und malte sich lachend noch Schlimmeres aus: «Pass auf, Inspektor, Weihnachten schicken sie dir einen abgeschnittenen Kopf als Geschenk ins Haus!» Dummes Geschwätz, sicher, aber eines war klar: Bis Weihnachten musste er den Fall aufgeklärt haben. Es waren nur noch wenige Tage. Der Oberrat war schon sehr ungehalten. Wenn Wanner den Fall bis Weihnachten nicht aufgeklärt hatte, dann würde er in Ungnade fallen. Vielleicht, dachte er manchmal hoffnungsfroh, könnte er ja nach erfolgreicher und rechtzeitig getaner Arbeit auf ein gutes Wort des Oberrats hoffen. Vielleicht würde er eine Versetzung befürworten, fort aus diesem Frankenland, wo die Menschen so verstockt und rechthaberisch waren, zurück nach Bayern. Hauptsache, er musste nicht hier im Norden bleiben.

Und nun stapfte er durch den harschen Schnee, auf den schon wieder neue dicke Flocken gefallen waren, und gelangte zu dem Haus, in dem eine gewisse Frau Kusch eine Pension für allein stehende Mädchen unterhielt. Natürlich war es jetzt am Abend nicht der rechte Zeitpunkt, um eine junge Frau zu besuchen, aber Wanner war ja in dienstlicher Angelegenheit unterwegs, die keinen Aufschub duldete.

Es kam jedoch anderes, als er sich am Fenster stehend erhofft hatte. Er wurde keineswegs zur schönen Hedwig ins Zimmer gelassen, wo er dann mit ihr allein sein konnte. Er hatte sich ausgemalt, dass er sich auf das Bett setzen, einen süßen, verführerischen Duft einatmen würde, knappe und bestimmte Fragen stellen würde, schüchterne Antworten bekäme, und dann vielleicht ...

Aber Frau Kusch war eine Matrone, die wusste, dass auch Polizeibeamte zuallererst Männer waren, und dass man auf die Tugend junger Mädchen keinen Pfennig verwetten sollte. Die gluckenhafte Wirtin im schwarzen Witwenkleid ließ die schöne Hedwig in den Gemeinschaftsraum kommen, der völlig übertrieben als Salon bezeichnet wurde. Es war ein Esszimmer, in dem auch zwei Sofas und drei Sessel standen. Hier traf man sich zum Plaudern, Sticken, Nähen, Lesen.

Hedwig blickte den Inspektor spöttisch an, als sie von Frau Kusch hereingebracht wurde. Hatte sie den Anflug von Enttäuschung auf seinem Gesicht bemerkt, als sie ihm im züchtigen hochgeschlossenen Kleid gegenübertrat? Hatte er etwa erwartet, dass sie ihm halb nackt im Morgenrock vorgeführt würde? Wanner hatte die anderen jungen Frauen gebeten, während er Befragung nach draußen zu gehen. Frau Kusch war allerdings der Ansicht, dass diese Aufforderung nicht für sie galt. Sie setzte sich auf das Sofa, das auf der anderen Seite des mächtigen Esstischs stand, und griff nach einer Stickerei. Wanner und Hedwig saßen gemeinsam auf dem anderen Sofa, mit genügend Abstand zwischen sich. Auf dem Esstisch standen ein Adventskranz mit vier angebrannten Kerzen und eine große Schale mit Äpfeln und Nüssen. An den Wänden hingen Teppiche mit Berglandschaften und röhrenden Hirschen, was Wanner als unpassend empfand.

Er räusperte sich. Frau Kusch stickte fleißig vor sich hin. Wanner räusperte sich ein zweites Mal. Die Witwe blickte kurz irritiert auf und senkte wieder den Kopf.

«Bitte, Frau Kusch ...»

«Ja, Herr Inspektor?»

«Es tut mir sehr Leid, aber ...»

«Ja?»

«... Sie dürfen dem Verhör nicht beiwohnen.»

«Wie bitte?»

«Ich muss Sie leider bitten, den Raum zu verlassen, während ich Frau Söller Fragen stelle. Es handelt sich um vertrauliche Angaben.»

Frau Kusch blickte den Inspektor ungnädig an: «Sie haben Vertrauliches mit Hedwig zu besprechen? In meinem Haus?»

«Wo sonst sollte ich sie aufsuchen, Frau Kusch? Wenn ich also bitten darf. Ich bin in amtlicher Funktion hier.»

Mit blitzenden Augen stand Frau Kusch auf: «Dies ist mein Haus!»

«Selbstverständlich, aber ich führe eine polizeiliche Ermittlung durch.»

«Polizei», sagte die Witwe abfällig.

«Frau Kusch ...»

«Ich gehe, aber ich werde draußen im Flur warten.»

«Ich danke Ihnen.»

«Nichts zu danken.» Und damit rauschte sie nach draußen und warf die Tür hinter sich zu.

Wanner drehte sich zu Hedwig um und bemerkte einen Anflug von Röte auf ihrem Gesicht.

«So ist noch nie jemand mit der Alten umgesprungen», sagte sie.

«Es ging nicht anders.»

Hedwigs erstaunter Gesichtsausdruck verwandelte sich zu einem verführerischen Lächeln.

«Sie wollen also mit mir allein sein, Inspektor?»

«Ich muss dir einige Fragen stellen.»

«Fragen Sie mich ruhig aus, Inspektor», sagte Hedwig, und für einen kurzen Moment hatte Wanner den Eindruck, sie hätte gesagte: Ziehen Sie mich ruhig aus. Ihm wurde heiß.

«Darum geht es nicht», stotterte er.

«Nein, Herr Inspektor, um was denn?»

«Um das, was du gesehen hast …»

«Was ich gesehen habe? Wenn ich abends aus dem Fenster schaue?»

Sie hatte es irgendwie geschafft, näher zu rücken. Wanner dachte an die alte Matrone draußen vor der Tür. Ihm wurde bewusst, wie frech dieses Dienstmädchen war, und vielleicht war sie nicht nur frech … Er spürte Wut in sich aufsteigen.

Hedwig wippte mit dem Fuß, ihr Kleid rutschte ein Stück nach oben, ein Stück Strumpf war zu sehen.

«Was du im Hause Ehrenhoff gesehen und gehört hast.»

«Alles?» Das Kleid glitt noch ein wenig höher und enthüllte eine schlanke Wade. Wanners Wut verwandelte sich in Zorn. Dieses Mädchen glaubte wohl, sie könne mit ihm spielen. Sie bildete sich ein, keinen Respekt haben zu müssen. Sie hätte es wohl gern gehabt, wenn er vor ihr auf die Knie fallen würde, nur weil sie frecher war als die anderen! Aber nicht mit ihm, nicht mit Gregor Wanner!

Er sprang vom Sofa auf und rief lauter, als er es eigentlich beabsichtigt hatte: «Es geht um Mord!»

Hedwig zuckte zusammen und wurde bleich.

Wanner merkte, dass es ihm Spaß machte, das Mädchen anzuschreien, also tat er es nochmal: «Dies ist eine amtliche Ermittlung! Ich bitte um mehr Respekt!»

«Jawohl», hauchte Hedwig und ließ das Kleid wieder über die Wade fallen.

«Ich verhöre dich als Zeugin und verlange den nötigen Ernst!»

«Ja, Herr Inspektor.»

Es gefiel ihm, wie sie so zu ihm hochblickte. Er zog sich einen Stuhl vom Esstisch heran und setzte sich darauf. So konnte er auch weiterhin auf sie hinunterblicken.

«Also», sagte er jetzt sachlich, «wie konnte es geschehen, dass der Ratsherr mit einem Lebkuchenherz vergiftet wurde?»

«Ich weiß nur, dass er gern Lebkuchen gegessen hat.»

«Die aus der Bäckerei Dunkel.»

«Die hat er am liebsten gemocht. Deshalb wurden sie ja auch in rauen Mengen angeliefert.»

«Aber davon, dass sie vergiftet gewesen sein könnten, hast du nichts bemerkt?», fragte Wanner.

«Nein, Herr Inspektor.»

«Was kannst du mir sonst noch über den Ratsherrn sagen?»

«Ach, nicht viel. Er war in letzter Zeit sehr bedrückt.»

Wanner horchte auf.

«Er war bedrückt. Woher willst du das denn wissen?»

«Ich hab ihn doch gesehen, in seinem Studierzimmer, wie er es genannt hat. Zuletzt war er gar nicht so wie früher.»

«Wie war er denn früher?»

«Na ja, er hat mich Sachen gefragt ... er war sehr neugierig ...» Jetzt wurde sie rot und sah ihn verschämt von unten an.

Wanner spürte wieder diese Wut in sich aufsteigen, aber er

riss sich zusammen. «Du hast ihn also manchmal in seinem Studierzimmer besucht?»

«Ja, ich war doch seine Dienstmagd, da musste ich ihm doch ...»

«... zu Diensten sein.»

«Ja, Herr Inspektor. Es war ja nicht so, dass er mich angefasst hätte, er war nur ... neugierig.»

«So, so. Und diese ... Neugier ... hast du ihm befriedigt.»

«Na ja, zum Schluss ja nicht mehr, da war er ja gar nicht mehr er selbst.»

«Nein? Wieso das?»

«Abwesend war er. Ich konnte machen, was ich wollte, aber ...» Sie stockte und bekam wieder diesen scheinheilig verschämten Ausdruck. «... er sah gar nicht mehr hin.»

«Was war denn mit ihm passiert?»

«Er steckte in Nöten.»

«Was für Nöte denn?»

«Na ja, ich weiß nicht, irgendetwas stimmt nicht mit ihm. Außerdem hatte er unverständliche Angewohnheiten.»

«Unverständliche Angewohnheiten, was soll das heißen?»

Sie zuckte mit den Schultern. «Unverständlich eben. Einmal hat er mir ein Stück Knochen gezeigt. So ein altes morsches Teil. Angeblich war es kostbar. Ich habe mich darüber lustig gemacht. Da hat er mich geschlagen. Danach hatte ich ganz viele blaue Flecken. Ein Rest von dem größten ist noch da, hier ...» Sie drehte sich zur Seite und zog das Kleid hoch.

«Nicht doch», sagte Wanner, und als sie nicht hörte, schrie er: «Halt! Das reicht!»

Sie zuckte zusammen und ließ das Kleid fallen.

«Ein Stück Knochen?», fragte Wanner.

«Ja, und ich hab noch gesagt, dass es bestimmt der Knochen von einem alten Hund sein müsse, und da hat er angefangen zu schreien und ...»

«Schon gut. Was ist dir sonst noch aufgefallen?»

«Am seltsamsten war die Sache mit dem Totenkopf.»

«Was denn für ein Totenkopf?»

«Ich weiß nicht, was es für ein Kopf war. Er kam mir eher klein vor, außerdem fehlte der Unterkiefer …»

«Und?»

«Er hielt ihn in der Hand und hat mit ihm gesprochen. Es sah so aus, als wollte er ihn beschwören oder so etwas. Als ich ins Studierzimmer kam, hat er ihn schnell in seine Schreibtischschublade gesteckt. An diesem Tag war er schlecht gelaunt. Ich weiß nicht, ob es an dem Totenkopf gelegen hat. Vielleicht war es auch wegen dem Schaller.»

«Welchem Schaller?»

«Der Fabrikant. Der ist ja ständig bei den Ehrenhoffs ein und aus gegangen.»

«Leopold Schaller, der Fabrikant?»

«Ja.»

«Was hat denn der Fabrikant mit dem Ratsherrn zu tun gehabt?»

«Na, wenn Sie's nicht wissen, Herr Inspektor.»

«Mäßige dich, Mädchen!», sagte Wanner mit drohendem Unterton.

Hedwig zuckte zusammen. «Ich meine ja nur, sicher ist jedenfalls, dass zuletzt die Besuche immer unerfreulicher waren. Und einmal hat sich Herr Ehrenhoff sogar verleugnen lassen.»

«Aha.» Wanner geriet ins Grübeln. «Hast du mir sonst noch etwas zu sagen?»

Das Mädchen zuckte mit den Schultern. Dann erschien wieder dieses verführerische Lächeln auf ihren Lippen. Ein teuflisches Lächeln, dachte Wanner, dieses Mädchen ist die schlimmste Versuchung.

Draußen vor der Tür hustete jemand. Wanner erhob sich.

«Müssen Sie schon gehen?», fragte Hedwig.

«Kommen Sie herein», sagte Wanner mit kaum erhobener Stimme.

Gleich darauf öffnete sich die Tür, und Frau Kusch trat ein.

«Sie haben also gelauscht, Frau Kusch», sagte Wanner.

Die Witwe blieb verwirrt stehen.

«Sie benehmen sich wie ein Backfisch, Frau Kusch.»

«Na, hören Sie mal ...»

«Ich muss Sie dringend bitten, alles, was Sie auf diese Weise gehört haben, niemandem mitzuteilen. Andernfalls machen Sie sich der Verletzung des Dienstgeheimnisses schuldig.»

Frau Kusch erbleichte.

«Aber Herr Inspektor ...»

«Kein Wort mehr! Sie haben mich verstanden. Auf Wiedersehen.» Wanner nickte den beiden Frauen zu und ging.

Als er wieder zu Hause angekommen war, ließ er sich von Frau Esslinger Hut und Mantel abnehmen und eilte in sein Zimmer ans Fenster. Es war so, wie er befürchtet hatte: Hedwig hatte die Vorhänge zugezogen.

Bedauerlich, dachte der Inspektor, aber ich muss mich jetzt ohnehin auf meine Arbeit konzentrieren.

14 SCHULDENLAST

Pistoux hatte zwei Stunden damit zugebracht, den gestohlenen Handwagen zu suchen, ohne Erfolg. Schlecht gelaunt und frierend kehrte er in die Bäckerei zurück. Frau Dunkel empfing ihn in der Backstube mit der Nachricht: «Der Junge ist fort.»

«Sie haben ihn gehen lassen?»

«Er ist einfach verschwunden.»

«Mit dem verletzten Fuß?»

«Vielleicht hat er das mit seiner Verletzung ja nur gespielt, weil er sich mal durchfuttern wollte.»

«Aber Frau Dunkel, er hat doch gearbeitet. Das Essen hatte er sich wohl verdient.»

«Immer nur Lebkuchen essen wird auf Dauer doch teuer.»

«Sie hätten ihn nicht gehen lassen dürfen. Es ist Winter und bitterkalt draußen.»

«Immerhin war der Junge ein Dieb. Ich hätte ihn am liebsten gar nicht aufgenommen. Wer weiß, was er mitgenommen hat!»

«Zuallererst handelt es sich um ein Kind in Not.»

Frau Dunkel schnaubte verächtlich: «Sie sind naiv, Herr Pistoux!»

«Mag sein, dass manche es naiv nennen, wenn man menschlich handelt.»

«Pah, menschlich. Diese verwahrlosten Kinder sind daran schuld, dass mein armer Mann im Gefängnis sitzt.»

Pistoux sah die Bäckersfrau fragend an: «Wie das?»

«Hätten sie nicht das Lebkuchenherz gestohlen …»

«Aber es kommt doch darauf an, wer es vergiftet hat.»

«Zunächst einmal handelt es sich um Diebstahl und Einbruch.»

«Aber das Rätsel ist doch ein anderes: Wer hat die Lebkuchen vergiftet?»

«Wollen sie etwa meinem Mann unterstellen …?»

«Ich unterstelle nichts, Frau Dunkel.»

«Man könnte fast glauben, Sie wollten von etwas ablenken …» Die Bäckersfrau brach ab und geriet ins Grübeln.

«Hören Sie …», begann Pistoux, wurde aber unterbrochen, als Frau Dunkel erschrocken mit dem Finger auf ihn zeigte.

«Sie … Sie … als Sie gekommen sind, hat das ganze Unglück erst begonnen … Jetzt seh ich es erst!» Sie wich zwei Schritte von ihm zurück, die Augen weit aufgerissen, die Arme abwehrend ausgestreckt, als würde sie plötzlich den Leibhaftigen vor sich sehen.

«Aber ...»

Die Bäckersfrau sah plötzlich so aus, als sei sie von einem bösen Geist besessen. «Wie konnten wir nur einen Franzosen bei uns aufnehmen! Ach!» Sie schlug sich mit der Hand gegen die Stirn. «Was für eine Niedertracht.» Sie wich weiter zurück, von plötzlicher Angst getrieben. «Sie Giftmischer!»

Pistoux stand dem plötzlichen Ausbruch von Hysterie erschrocken und hilflos gegenüber.

«Aber Frau Dunkel ...»

In ihren Augen blitzte es fanatisch: «Fort aus meinem Haus, Giftmischer!»

Aufgeregt, wie sie war, stolperte sie über ihre eigenen Füße und wäre zweifellos gestürzt, wenn nicht überraschend ein Mann hinter ihr eingetreten wäre und sie aufgefangen hätte.

Der Mann war groß und kräftig, trug einen elegant geschnittenen Mantel mit Samtkragen. Sein Gesicht war eher breit geschnitten, sein Schnurrbart fein gezwirbelt, seine Wangen von Schmissen übersät. Er stellte die Bäckersfrau, die wesentlich kleiner und schmächtiger war als er, wie ein kostbares Möbelstück beiseite, nahm den Zylinder ab und sagte: «Entschuldigen Sie bitte, gnädige Frau.»

Er klemmte sich den Spazierstock unter den linken Arm und zupfte sich theatralisch die weißen Handschuhe ab.

Frau Dunkel taumelte erschrocken beiseite: «Oh, bitte, was ...?»

Der Mann schlug die Hacken zusammen, verbeugte sich leicht und sagte, an Frau Dunkel gewandt: «Gestatten Sie, Schaller, Leopold Schaller. Zu Diensten.»

«Herr Schaller ...» Der Bäckersfrau blieb der Mund offen stehen.

«Höchstpersönlich.»

Pistoux stellte verärgert fest, dass der Mann ihn keines Blickes würdigte.

Frau Dunkel strich sich verlegen die Schürze glatt. «Aber Sie ... was machen Sie denn hier, so plötzlich ...»

Schaller hob entschuldigend die Hände: «Ich wollte keineswegs eindringen. Ich rief, hörte keine Antwort, dann Stimmen ... Ein Streit, gnädige Frau? Fühlen Sie sich diesem Mann ausgeliefert? Soll ich ...?»

Pistoux spürte, wie der Zorn in ihm aufstieg. Was mischte sich dieser Kerl hier ein! Und was wollte er eigentlich? Hatte nicht neulich erst ein Abgesandter eine Abfuhr erteilt bekommen?

«Schon gut, schon gut», wehrte Frau Dunkel ab. «Es ist alles in Ordnung.»

«Ich möchte Ihren Mann aus dem Gefängnis befreien, Frau Dunkel.»

«Ach ... das ist ja ... sehr freundlich ...» Sie strich sich ratlos über die Schürze und blickte sich um. «Wollen Sie sich nicht setzen, Herr Schaller?»

Es gab keine Stühle in der Backstube. Das bemerkte sie jetzt auch.

«Herr Pistoux, holen Sie bitte einen Stuhl.»

Widerwillig ging Pistoux in den Vorratsraum und kam mit einem Stuhl zurück, den er neben den großen Arbeitstisch stellte.

«Vorsicht, da ist überall Mehl. Sie machen sich noch schmutzig.»

Schaller lachte. «Keine Angst! Vergessen Sie nicht, dass ich selbst vom Fach bin: Ein bisschen Mehl auf der Kleidung adelt mich nur.» Er sah den Stuhl an und schüttelte den Kopf: «Ich bleibe lieber stehen.»

Das hätte er auch gleich sagen können, dachte Pistoux verärgert.

Frau Dunkel zupfte an ihrer Schürze: «Sie möchten sich also für meinen Mann einsetzen?», fragte sie voller Hoffnung.

«Aber ja!» Schaller versuchte ein gewinnendes Lächeln, das Pistoux eher wie ein wölfisches Grinsen vorkam. «Für seinen Partner muss man sich doch einsetzen.»

«Partner?», fragte Frau Dunkel verwirrt.

«Ja doch. Sie werden doch verstehen, dass ich einen Grund haben muss, mich für ihn einzusetzen. Andernfalls würde sich die Polizei doch sehr wundern, meinen Sie nicht?»

Auch eine Art von Logik, dachte Pistoux finster. Frau Dunkel überlegte intensiv, was dieser Gedankengang bedeuten mochte. Dann nickte sie zögernd.

«Sie wissen doch, dass ich Ihren Mann mehrfach dazu eingeladen habe, Teilhaber meiner Fabrik zu werden», sagte Schaller.

«Teilhaber soll er werden? Davon hat er mir nichts gesagt.»

«Aber ja. Mit seinem guten Namen wird die Lebkuchenfabrikation Leopold Schaller – dann selbstverständlich Schaller & Dunkel – einen ungeahnten Aufschwung nehmen.»

«Sogar sein Name soll …?»

«Natürlich. Sein Name soll gemeinsam mit meinem auf den bunt verzierten Blechdosen prangen, die wir schon bald in alle Welt verschicken werden, denn ich bin gerade dabei, einen Vertrieb zu organisieren, wie er noch nie da gewesen ist. Wir leben im Zeitalter der Industrie, da müssen große Mengen aller Waren als Massengüter verschickt werden – auch Lebkuchen. Sie werden sehen, es wird ein lukratives Unternehmen.» Schaller leckte sich die Lippen, beugte sich nach vorn und fügte in verführerischem Ton hinzu: «Sie werden reich werden, Frau Dunkel, eine Villa, Bedienstete, Reisen in aller Herren Länder …»

Frau Dunkel fühlte sich geschmeichelt und war gleichzeitig völlig durcheinander: «Aber … wir einfachen Leute … warum … und wie?»

«Es ist alles ganz einfach. Nachdem sie den Vertrag unterschrieben haben, werde ich eine Kaution stellen, um Ihren Mann aus dem Gefängnis zu befreien.»

«Sie werden ihn befreien?»

«Natürlich, das ist doch Ehrensache.» Schaller bemühte sich um einen noblen Gesichtsausdruck, der aber von den zahllosen Schmissen auf seinen Wangen, dem gierigen Grinsen und dem hinterhältigen Glitzern in seinen Augen mehr als infrage gestellt wurde.

«Aber ... ein Vertrag?»

«Ja, das ist unerlässlich. Eine geschäftliche Partnerschaft muss besiegelt werden. Sie bringen ihr Wissen, ihren Namen und vor allem die berühmten Dunkel'schen Rezepte in das Unternehmen ein, ich das Kapital und die Fabrik, und unserem gemeinsamen Erfolg steht nichts mehr im Wege.»

«Das klingt so ... einfach ... aber ...»

«Weil es logisch ist, Frau Dunkel. Logik ist immer einfach, vor allem in der Wirtschaft.»

«Nur ... ich verstehe nicht ... warum mein Mann, nicht will ... wollte.»

Schaller zog die Schultern hoch: «Das verstehe ich selbst nicht. Der Logik zufolge hätte er längst ...»

«Es ist wohl eher eine Frage der Ehre», warf Pistoux ein, der nicht mehr mit anhören konnte, wie dieser skrupellose Geschäftemacher die Situation auszunutzen versuchte.

Schaller blickte ihn scharf an. In seinen Augen sprühte Hass. Pistoux hielt dem Blick stand.

«Ehre», sagte der Fabrikant und konnte nicht verhindern, dass sich ein verächtlicher Unterton in seine Stimme einschlich. «Was haben denn Logik und Ehre gemein?»

«Eben», sagte Pistoux.

Frau Dunkel rang die Hände: «Ich bitte um Ruhe!»

«Die Ehre eines Handwerkers hat vor allem mit seiner Kunst zu tun», sagte Pistoux.

«Kunst ist keine Ware, und die Ware ist das Einzige, was zählt!», entgegnete Schaller.

«Für einen Industriellen mag das stimmen, aber ein Handwerker ist mit dem Herzen bei der Sache.»

«Mit dem Herzen kann man keine Fabriken betreiben.»

«Nein», sagte Pistoux. «Wohl kaum. Damit haben Sie sich Ihre Antwort schon selbst gegeben.»

«Die Antwort?»

«Friedrich Dunkels Antwort auf Ihr Angebot, wenn er hier stünde, würde nein lauten, denn er ist mit dem Herzen bei der Sache.»

«Sie sprechen für Bäckermeister Dunkel? Sie, ein Illegaler, für den sich womöglich bald die Bäckerinnung interessieren wird?», sagte er mit drohendem Unterton.

«Einer muss ja für ihn sprechen.»

«Unterstehen Sie sich!», rief die Bäckersfrau plötzlich laut. «Halten Sie den Mund! Ich spreche für meinen Mann, ich! Sonst niemand!»

«Aber Madame, sehen Sie denn nicht, was dieser Mensch hier bezweckt, er nutzt Ihre Notlage aus ...»

«Still! Sie sind derjenige, der eine Lage ausnutzt, Herr Pistoux. Ich verbiete Ihnen jedes weitere Wort. Hinaus!» Frau Dunkel war vor Zorn krebsrot angelaufen.

«Madame», versuchte Pistoux noch einmal. «Dieser ... Fabrikant ... will Ihnen Ihre Handwerksehre stehlen, ihre Rezepte noch dazu und den guten Namen.»

«Ziehen Sie meinen Namen nicht in den Schmutz, Sie ... Franzose. Gehen Sie mir aus den Augen.»

Pistoux bemerkte das höhnische Grinsen auf Schallers Gesicht. Aber was sollte er jetzt noch tun? Er war machtlos. Es war nicht seine Angelegenheit. Er arbeitete gern hier und wusste längst, dass Bäcker Dunkel nicht bloß ein Handwerker war, sondern ein Bäcker aus Leidenschaft, ein wahrer Künstler. Seine treuen Nürnberger Kunden wussten dies auch. Und nun wollte dieser Fabrikant Dunkels Notlage nutzen, ihm den guten Namen abpressen und seine Kunstfertigkeit zur Herstellung von Industrieprodukten missbrauchen. Dunkels naive Ehefrau ging dem Fabrikanten in die Falle, und Pistoux erschrak, als er die Tragweite dieses Gedankens erkannte. Er öffnete schon den Mund, um weiterzuargumentieren, aber die Bäckersfrau schrie ihn jetzt mit tränenerstickter Stimme an: «Hinaus, Unseliger! Gehen Sie!»

Beinahe hätte sie das Lebkuchenhaus, das sie in mühsamer Kleinarbeit zusammengebaut und dekoriert hatte, vom Tisch gefegt.

Pistoux gab auf. Wortlos drehte er sich um und verließ die Backstube. Sollte er nicht lieber seine Sachen packen und sich auf den Weg machen? Wäre es nicht besser, Nürnberg zu verlassen, bevor er womöglich in eine Intrige hineingezogen wurde, die ihn nichts anging?

Kaum war er im Laden angelangt, prasselten Schneebälle gegen das Schaufenster. Pistoux schrak zusammen und starrte nach draußen. Eine zweite Ladung Schneebälle knallte gegen die Scheibe und brachte das Glas zum Vibrieren. Ein Schneeball durchschlug das Oberlicht der Ladentür und landete zusammen mit Glassplittern auf dem Verkaufstresen.

Pistoux rannte wutentbrannt zur Tür und riss sie auf. Ein Schneeball traf ihn am Kopf, ein zweiter an der Schulter, ein dritter am Arm. Benommen wischte er sich den Schnee aus den Augen. «Was soll das?»

Vor ihm mitten auf der Gasse standen drei zerlumpte Jungen mit Bergen von Schneebällen vor sich. Es sah aus, als wollten Sie die Bäckerei belagern.

Der größte von ihnen trat einen Schritt vor. In jeder Hand hielt er drohend einen dicken Schneeball.

«Wo ist Niemand?», fragte er.

∴ 15 ∾ CARTE BLANCHE «Schaller? Sie wollen den Schaller verhören? Das halte ich für keine gute Idee.» Oberrat Schreiber schüttelte missbilligend den Kopf. Er saß hinter einem mächtigen Schreibtisch in einem nicht weniger mächtigen Ledersessel und unterzeichnete, während er sprach, einen Brief nach dem anderen, nachdem er sie jeweils kurz überflogen hatte. Nach jeder Unterschrift tauchte er den Federhalter in das vor ihm stehende Tintenfass und achtete akribisch darauf, dass kein Tintentropfen auf die blank gewienerte Schreibtischoberfläche fiel. Außer den Papieren stand nur noch eine große Holzschale mit verschiedenartigen Lebkuchen auf dem Tisch. Hinter dem Oberrat hing das Porträt von König Ludwig II. an der Wand.

«Aber er kannte den Ermordeten offenbar sehr gut.»

«Das allerdings ist mir in der Tat neu.»

«Na, sehen Sie!», ereiferte sich Inspektor Wanner.

«Was heißt da: Na, sehen Sie?»

«Er war mit ihm sehr gut bekannt, aber keiner wusste davon.»

«Na, so geheim kann es nun auch wieder nicht gewesen sein.»

«Aber man würde nicht sofort denken, dass die beiden etwas miteinander zu tun hatten, oder?»

Oberrat Schreiber seufzte: «Sie sind mir ein bisschen zu spitzfindig, mein lieber Wanner.» Er legte den Federhalter beiseite.

Auf Wanners Gesicht erschien der Anflug eines Lächelns. Er empfand diese Bemerkung als Kompliment.

«Nun gut», fuhr der Oberrat fort, «normalerweise würde man davon ausgehen, dass ein alteingesessener Bürger wie Jakobus Ehrenhoff sich nicht mit einem erst kürzlich zugezogenen Fabrikanten unbekannter Herkunft gemein macht.»

«Eben, das sage ich doch!»

«Die Ehrenhoffs gehören seit dem 14. Jahrhundert zum Nürnberger Patriziat. Unter Jakobus Ehrenhoffs Vorfahren befanden sich nicht wenige Reichsminister und sonstige hohe Staatsbeamte.»

«Und so einer befreundet sich mit einem Kerl wie Schaller?»

Schreiber lächelte: «Wieso nennen Sie ihn Kerl?»

«Ich habe hier und da Erkundigungen eingezogen. Schaller hat zweimal versucht, hohe Beamte der Stadt zu bestechen, damit ihm ein bestimmtes Gelände nördlich des Vestnertors zugesprochen wird.»

«In der Tat, das hat es gegeben. Vor zwei Jahren war das. Wir mussten uns mit der leidigen Sache beschäftigen. Es hat dem Ansehen des Staatrats nicht gut getan, obwohl die betreffenden Ratsherren die Angebote selbstverständlich abgelehnt haben.»

«Aber das Seltsame ist doch, dass Schaller genau an der Stelle in den Gärten hinter dem Vestnertor seine Fabrik zur maschinellen Herstellung von Lebkuchen gebaut hat.»

«Zunächst einmal hat er dort eine Villa errichtet. Und daneben dann die Fabrik. Aber so viel ich weiß, hat er noch keine Genehmigung, die Fabrik zu betreiben. In den Zeitungen wurde darüber berichtet.»

«Ich kann mir nicht vorstellen, dass man etwas so Feines wie den Lebkuchen mit Maschinenkraft herstellen kann», sagte Wanner nachdenklich.

«Man hat sich auch nicht vorstellen können, dass jemand sich auf eine Dampfmaschine setzt und in rasender Geschwindigkeit über eiserne Schienen von einem Ort zum anderen reist. Und nun gibt es die Eisenbahnlinie nach Fürth schon seit über vierzig Jahren. Am Anfang hieß es, man würde sofort sterben, wenn man sich in einen Waggon setzt. Heute gibt es Eisenbahnen allerorten, und kaum einer spricht noch von der guten, alten Postkutsche. Fortschritt geht einher mit Vergesslichkeit, mein lieber Wanner. Was nun aber die von Ihnen so heiß geliebten Lebkuchen betrifft», Schreiber deutete auf die Schale auf seinem Schreibtisch, «so können Sie gern diese handgemachten Exemplare meiner Frau mitnehmen. Ich kann Lebkuchen nämlich nicht ausstehen. Sie liegen mir schwer im Magen. Außerdem sind sie klebrig, nicht nur in der Hand, auch im Mund.» Der Oberrat verzog das Gesicht.

Wanner musste schlucken. «Vielen Dank, aber meine Zimmerwirtin ...»

Schreiber hob die Hände: «Kein Wort mehr, ich verstehe schon.» Er hielt inne und fügte dann nachdenklich hinzu: «Soll mir nur mal jemand erklären, wieso auf diese schreckliche Weihnachtszeit die Fastenzeit folgt, es ist doch so schon anstrengend genug ...»

Wanner sah den Oberrat fragend an, jetzt konnte er ihm nicht mehr so ganz folgen. Schreiber brach verwirrt seinen Gedankengang ab. Es folgte eine kurze Pause. Dann nahm Wanner seinen ganzen Mut zusammen.

«Wie wäre es denn ...?», sagte er zögernd.

Oberrat Schreiber zog die Augenbrauen hoch und beugte sich nach vorn. «Ja?»

«Könnte nicht ... der Fabrikant Schaller bei dem Ratsherrn um Einflussnahme bezüglich einer Genehmigung für seine Lebkuchenproduktion nachgesucht haben?»

«Was für ein ungeheuerlicher Vorwurf!»

Wanner zuckte mit den Schultern.

Der Oberrat lehnte sich in seinem Sessel zurück: «Na gut, nehmen wir nur mal rein hypothetisch so etwas an – was sollte das dann mit Ehrenhoffs Tod zu tun haben?»

Wanner war ratlos. «Ich meine ja nur ...», stotterte er. «Es gibt doch eine Verbindung zwischen dem Toten und dem Fabrikanten.»

«Das sind alles sehr vage Annahmen, die Sie hier vortragen, Wanner.»

Der Inspektor blickte zu Boden.

«Trotzdem», entschied Schreiber, «statten Sie diesem Schaller halt mal einen Besuch ab. Aber gehen Sie behutsam vor. Man weiß ja nun wirklich nicht, wie weit seine Verbindungen reichen.»

Wanner lächelte zufrieden. Mehr als diese Genehmigung hatte er ja gar nicht haben wollen.

«Ich werde mal bei ihm vorbeischauen», sagte er.

«Sehr schön», sagte der Oberrat, griff wieder nach seinem Federhalter und fuhr mit dem Unterzeichnen der Dokumente fort.

16 VERRATEN UND VERKAUFT

«Sie haben Staub vergiftet!», rief der Junge, der drohend zwei Schneebälle in den Händen hielt. Er trug eine Schirmmütze auf dem Kopf, die anderen beiden hatten Wollmützen auf.

Pistoux war noch immer bemüht, sich den Schnee aus dem Gesicht zu wischen.

«Was?», fragte er verwirrt.

«Was haben Sie mit Niemand gemacht?»

«Ich verstehe kein Wort. Was soll das?»

Ein dicker Schneeball traf Pistoux an der Stirn. Nun wurde er wütend. «Ihr Bengel!», rief er. «Ich werde euch.»

Ein Schneeballhagel war die Antwort. Pistoux hielt sich die Arme vors Gesicht und wich zurück. Als der Angriff vorbei war, war der Platz vor der Bäckerei leer. Die Kinder waren verschwunden.

Pistoux klopfte sich den Schnee ab und blieb stehen. Natürlich wurde ihm kalt in seiner Bäckerkluft ohne Mantel.

An der Straßenecke gegenüber tauchte ein Kopf mit Wollmütze auf: «Wir wollen Niemand wiederhaben!»

Unter dem Rufenden tauchte ein weiteres Gesicht auf: «Was hast du mit Staub gemacht?»

«Kommt her!», rief Pistoux laut.

Die Gesichter verschwanden.

«Ich will meinen Handwagen wiederhaben!», rief Pistoux.

Daraufhin hörte er nur höhnisches Gelächter.

Pistoux spürte, wie ihm immer kälter wurde. Wenn er hier noch länger im Schnee herumstand, würde er sich den Tod holen.

«Gebt mir den Wagen zurück, dann bringe ich euch Lebkuchen!», rief er.

Dann drehte er sich um und ging in die Bäckerei zurück. Er holte sich einen Mantel und zog sich Stiefel an, einen Schal und eine Mütze. Dann blickte er durchs Schaufenster nach draußen. Die Kinder waren nirgends zu sehen.

Er ging in den Lagerraum und suchte eine Kiste mit den größten und schönsten Lebkuchen aus. Frau Dunkel und der Fabrikant waren nicht mehr in der Backstube. Pistoux nahm an, dass sie nach oben in die Dunkel'sche Wohnung gegangen waren. In ihrer panischen Angst würde die Bäckersfrau sicherlich die Geheimnisse ihres Mannes verraten.

Pistoux lief mit der Lebkuchenkiste in den Laden und dann hinaus auf die Straße. Er stellte sie in die Mitte auf den kleinen Platz vor der Bäckerei und zog sich wieder zurück. Nichts passierte. Diese verflixten Gören, dachte Pistoux, wieso kommen sie dann nicht? Er ging wieder zurück in die Backstube und hob kurzerhand das Lebkuchenhaus vom Tisch und trug es vorsichtig nach vorn. Es war nicht ganz einfach, das hübsche Häuschen mit den zuckergussbemalten Figuren durch die schmale Tür zu bugsieren. Die Zuckerwatte, die als Rauch aus dem Schornstein quoll, fiel dabei zu Boden.

Er stellte das Häuschen neben die Lebkuchenkiste mitten auf die Gasse und kam sich ziemlich lächerlich dabei vor. Nachbarn, die ihn beobachteten, mussten zweifellos den Eindruck gewinnen, dass er wunderliche Dinge tat.

Pistoux zog sich in den Laden der Bäckerei zurück und wartete am Fenster ab, was passieren würde. Zunächst geschah gar nichts. Dann wurde er von Stimmen im Treppenhaus hinter sich abgelenkt. Es waren Frau Dunkel und der Fabrikant. Er hoffte, dass die Bäckersfrau ihren Gast durch die Seitentür verabschiedete. Aber nein, die beiden kamen in den Laden. Frau Dunkel trat als Erste ein und warf Pistoux nur einen kurzen, vernichtenden Blick zu. Leopold Schaller folgte mit zufriedenem Gesicht. In der Hand hielt er Friedrich Dunkels Kladde mit den Rezepten. Pistoux hatte etwas so Ähnliches erwartet, war aber dennoch schockiert darüber, wie schnell die Bäckersfrau die Geheimnisse ihres Mannes preisgab. Er konnte nicht anders, er musste einfach sagen: «Tun Sie das nicht, Frau Dunkel. Sie werden es bitter bereuen.» Sie ignorierte ihn.

Sie trat zur Tür und zog sie auf, um ihren neuen Geschäftsfreund lächelnd zu verabschieden.

«Wenn es sein muss, werde ich einen Experten aus München kommen lassen, der die Schrift entziffern soll», sagte Leopold Schaller und presste sich die Kladde gegen die Brust.

«Tun Sie alles, was in Ihrer Macht steht», sagte Frau Dunkel. «Damit mein Mann recht bald wieder freikommt.»

«Das kann ich Ihnen aufrichtigst versichern, gnädige Frau.» Der Fabrikant versuchte freundlich zu lächeln, aber ihm gelang nur ein wölfisches Grinsen. Sie hat ihm den Schatz in die Hände gegeben, ohne eine Sicherheit zu haben, dachte Pistoux.

Frau Dunkels Blick fiel nach draußen. Sie wirbelte herum, starrte Pistoux an, als sei er ein Geist, wirbelte wieder zurück, deutete auf das Lebkuchenhaus, das dort im Schnee stand, drehte sich wieder um und ignorierte den Abschiedsgruß von Leopold Schaller, der sich eilig davonmachte. Hinter ihm fiel die Tür wieder zu. Frau Dunkel öffnete den Mund, die Stimme versagte ihr, dann schrie sie zutiefst empört und verletzt mit schriller, sich überschlagender Stimme: «Was machen Sie da, Pistoux? Was machen Sie mit meinem Lebkuchenhaus!»

«Madame, es ist …»

«Sind Sie von allen guten Geistern verlassen, Sie Franzose? Oder wollten Sie sich etwa mit dem Lebkuchenhaus davonstehlen?» Die Irrwitzigkeit ihrer Behauptung war ihr bewusst, weshalb sich ihr Gesicht nicht nur vor Wut, sondern angesichts dieser seltsamen Situation auch vor Unglaube verzerrte.

«Madame …»

«Wissen Sie überhaupt, wie viele Tage Arbeit in diesem Häuschen stecken!»

«Aber ja …»

«Sind Sie verrückt geworden, Sie undankbarer Geselle? Holen Sie das sofort wieder herein!»

Pistoux blickte verzweifelt nach draußen. Diese Situation war wirklich absurd. Wie sollte er erklären, um was es ihm hier ging?

Aber es war ohnehin zu spät. Plötzlich kamen die Kinder aus ihrem Versteck gerannt. Sie waren zu dritt. Der Größte, der mit der Schirmmütze, schnappte sich das Lebkuchenhaus, der Mittlere hob den Karton auf, und der Kleinste schob den Handwagen auf den Platz. Und noch ehe die Erwachsenen im Bäckerladen reagieren konnten, waren sie wieder verschwunden.

Einen Moment lang sahen sich Pistoux und Frau Dunkel verblüfft an. Dann riss die Bäckersfrau die Tür auf und stürzte nach draußen. Pistoux folgte ihr. Er hatte den Kindern kein

Geschenk machen wollen, er wollte mit ihnen reden, und nun waren sie schon wieder fort.

Frau Dunkel stand mitten auf der Gasse, blickte nervös um sich und starrte dann auf den Handwagen.

«Was soll das?», murmelte sie.

Pistoux trat neben sie: «Frau Dunkel, diese Kinder ...»

«Schweigen Sie! Sie haben mich bestohlen. Sie machen mit diesem Lumpenpack gemeinsame Sache. Sie sind nichts weiter als ein gemeiner Dieb, Sie ... Sie ... Gehen Sie mir aus den Augen! Ich verbiete Ihnen, jemals wieder einen Fuß in meine Bäckerei zu setzen!»

Pistoux war wie vom Donner gerührt. «Aber, ich ... Sie können doch nicht ...»

Frau Dunkel warf trotzig den Kopf zurück: «Ich kann sehr wohl! Gehen Sie!»

Sie drehte sich um und stapfte durch den Schnee zur Bäckerei, trat ein, warf die Tür hinter sich zu und drehte den Schlüssel im Schloss um.

Pistoux blieb stehen, wo er war, und schüttelte ungläubig den Kopf. Dann wurde ihm klar, in was für einer Situation er sich befand. Er hatte soeben seine Anstellung verloren, ohne für seine geleistete Arbeit bezahlt worden zu sein. Sollte er jetzt zurückgehen? Bitten? Betteln? Seinen Verdienst einklagen? Sie würde ihm bestimmt nicht öffnen. Nicht heute. Vielleicht morgen, wenn der Ärger verflogen war. Er könnte versuchen, einzudringen, darauf pochen, dass er seine wenigen privaten Dinge mitnehmen durfte. Er schüttelte entmutigt den Kopf. In was für eine absurde Situation war er da hineingeraten! Mittellos, ohne Unterkunft mitten im Winter auf einer verschneiten und vereisten Gasse in Nürnberg. Wenigstens war er einigermaßen warm angezogen.

Jetzt begann es zu allem Überfluss auch noch zu schneien. Dicke, feuchte Schneeflocken taumelten träge vom Himmel herab. Schnell wurden es mehr. Pistoux starrte vor sich hin und stocherte mit den Stiefelspitzen im Schnee herum. Eine tiefe Mutlosigkeit überfiel ihn. Was wollte er eigentlich hier in dieser alten Stadt? Sollte er nicht besser so schnell wie möglich verschwinden, den Weg nach Norden antreten, wenn es sein musste zu Fuß und ohne Geld? Man erwartete ihn zwar erst zum Jahresanfang in Hamburg, aber dort würde es vielleicht einfacher sein, die Zeit bis zu seiner Anstellung im Hotel zu überstehen.

«Diese Stadt ist verhext», murmelte er vor sich hin. «Alt, modrig und verhext.»

Hinter sich hörte er leise Schritte auf dem verharschten Schnee. Er wandte sich um. Der kleinste der drei Bengel stand vor ihm und blickt ihn aus großen, leuchtend blauen Augen freundlich an. Nein, es war gar kein Junge. Unter der Wollmütze quollen blonde Locken hervor. Es war ein Mädchen von vielleicht acht Jahren. Der löchrige Mantel, den es trug, reichte ihm fast bis zu den zerschlissenen Schuhen.

«Hallo», sagte sie. «Ich bin Nichts.»

Pistoux blickte sie verwirrt an.

«Keiner sagt, du sollst mit uns mitkommen.» Sie deutete auf den Handwagen. «Den kannst du ruhig mitnehmen.»

Sie drehte sich um und stapfte mit kleinen Schritten zur Straßenecke.

Pistoux drehte sich nochmal zur Bäckerei um. Frau Dunkel war nirgends zu sehen. Das Mädchen winkte ihm zu, er solle kommen.

«Komm!»

Pistoux zuckte mit den Schultern. Was zögerte er noch? Er hatte vorgehabt, mit den Kindern zu reden, jetzt luden sie ihn ein, mitzukommen. Er folgte der Kleinen.

Nachdem er um die Ecke gebogen war, kamen die anderen beiden. Der große Junge mit der Schirmmütze trug das Lebkuchenhaus, der kleinere die Kiste mit den Lebkuchen. Sie legten beides in den Handkarren.

Dann sagte der große Junge: «Du hast uns schöne Geschenke gebracht, aber nun hast du selbst nichts mehr. Jetzt bist du wie wir.» Pistoux sah ihn ratlos an.

«Du kannst mit uns mitkommen», sagte der Junge.

Pistoux nickte. «Das wird wohl das Beste sein.»

∴ 17 ∾ Der Profiteur

Vom Straßenrand aus winkte Inspektor Wanner einen Pferdeschlitten herbei, der ihn durch das Tiergärtnertor in die nördliche Vorstadt brachte.

Unterwegs fiel ihm auf, dass diese Gegend nicht mehr lange als nahe liegendes Ausflugsziel der Nürnberger dienen würde. Gärten und Parks verschwanden allmählich. Zum einen, weil wohlhabende Bürger hier und da ihre neuen Häuser bauen ließen, zum anderen, weil Brauereien, Manufakturen und Industriebetriebe sich hier angesiedelt hatten. Letzten Sommer hatte er hier einige Spaziergänge unternommen, und bemerkt, dass die Luft nicht mehr nur nach Blumen und Gräsern duftete, sondern auch nach Maschinenöl und unangenehmeren Dingen.

Der Fortschritt ist unaufhaltsam und nicht zu bremsen. Bald wird man diese Schlitten mit Elektrizität antreiben statt mit Pferden. Und wer weiß, ob es die Menschheit eines Tages nicht schafft, aus der Welt ein Treibhaus zu machen, sodass es gar keinen Winter mehr gibt und wir unter einem Glasdach im ewigen Grün leben. Fröstelnd zog er sich die Wolldecke höher, die er sich über die Beine gelegt hatte.

Die Villa Schaller lag in gebührendem Abstand zu dem nagelneuen Fabrikgebäude im neugotischen Stil und sah aus, als hätte der Architekt vorgehabt, der Akropolis Konkurrenz zu machen: Ionische Säulen unter einem Aetosgiebel zierten den Eingang, zu dem man breite Treppenstufen hinaufsteigen musste, auf das wuchtige Gebäude aus Steinquadern drückte eine mächtige Kuppel. Das ist ja ungeheuerlich, dachte Wanner, als er staunend aus dem Schlitten stieg, niemand baut hier so, eine Anmaßung ist das. Er bat den Kutscher, zu warten, und stieg die vereisten Treppenstufen hinauf.

Es gab eine elektrische Klingel. Wanner drückte auf einen dicken Messingknopf, und irgendwo im Innern des Hauses dröhnten Glocken. Nach einer Weile wurde die Haustür, die zweifellos für breitere Menschen gedacht war, als er es darstellte, geöffnet, und ein junger Mann mit grau gestreifter Weste und englischem Akzent fragte: «Ja, bitte, mein Herr, Sie wünschen?›

«Inspektor Wanner von der Kriminalpolizei. Ich wünsche Herrn Schaller zu sprechen.»

Der Butler zog die Tür auf und ließ ihn herein. Wanner trat in eine Eingangshalle, in die durch die gläserne Kuppel helles Licht flutete. Der Diener stieg eine Treppe ohne Geländer nach oben und lief eine Galerie entlang, die von einem Bretterzaun begrenzt wurde. Ein Blick genügte, um Wanner in Erstaunen zu versetzen. Er befand sich auf einer Baustelle! Das Haus war überhaupt noch nicht fertig gestellt. Überall lag Schutt herum, Steine stapelten sich, Gerüste waren aufgebaut, Wände halb fertig gestellt, Türen fehlten. Handwerker waren jedoch keine zu sehen.

Oben auf der Galerie im ersten Stock erschien wieder der Diener. Leopold Schaller folgte ihm.

«Herr Inspektor?», fragte der Fabrikant, der einen englischen Tweedanzug trug. Wanner fiel jetzt auf, dass es im Haus kalt war. Sein Atem dampfte. Leopold Schaller blieb vor ihm stehen und sah auf ihn hinab.

Wanner deutete eine Verbeugung an: «Grüß Gott.» Er war ja wirklich kein Zwerg, aber im Vergleich zu dem geradezu mächtig gebauten Schaller wirkte er beinahe so.

«Wir sind noch nicht miteinander bekannt. Was verschafft mir die Ehre Ihres Besuchs?», fragte der Fabrikant.

«Es ist rein dienstlich», sagte Wanner.

«Das will ich doch annehmen.»

Das Lächeln dieses Kerls ist kalt wie eine Messerklinge, dachte Wanner.

«Es geht um die Mordsache Ehrenhoff.»

«Ach, ist es eine Mordsache geworden?», sagte Schaller, und es klang ein wenig höhnisch.

«So ist das nun mal, aus einem Mord wird eine Sache», antwortete Wanner philosophisch.

«Warum kommen sie zu mir? Ich kann Ihnen in dieser Angelegenheit mit Sicherheit nicht weiterhelfen.»

«Vielleicht doch», entgegnete Wanner.

Schaller zog überrascht die Augenbrauen zusammen.

«Sie kannten doch Jakobus Ehrenhoff», fuhr Wanner fort.

Schaller schüttelte andeutungsweise den Kopf: «Kaum.»

«Kaum?»

«Kaum.»

Er will, dass ich ihm alles aus der Nase ziehe, dachte Wanner, aber ich werde ihn schon antreiben.

«Es gibt Zeugen, die beobachtet haben, dass Sie Herrn Ehrenhoff regelmäßig aufgesucht haben. Sie sind dort ein und aus gegangen, wurde mir berichtet.»

«Ach ja?» Schaller zog belustigt die Augenbrauen in die Höhe. «Halten Sie mich etwa für den Mörder?»

«Das zu fragen ist wohl eher meine Aufgabe. Sind Sie es?» Der unfertige Zustand des Hauses machte Wanner Mut. Ein Mensch, der auf einer Baustelle lebt, kann nicht über sehr viel Charakter verfügen, entschied er.

Zornesröte trat in Schallers Gesicht: «Was? Was erlauben Sie sich ...?»

«Sie haben die Frage provoziert, Herr Schaller», sagte Wanner.

«Hören Sie ...», empörte sich der Fabrikant. «In meinem eigenen Haus muss ich mir so etwas anhören?»

«Nein», sagte Wanner seelenruhig. «Ich kann Ihnen auch eine Vorladung schicken, dann können wir das Verhör in meinem Büro durchführen.»

Schaller war schockiert, dass jemand so mit ihm umsprang. Einen Moment lang schien er zu schwanken, ob er einlenken sollte, aber dann gewann der Zorn die Oberhand, und er schrie: «Ist das ein abgekartetes Spiel? Stehen die Ratsherren schon draußen? Braucht man einen Sündenbock? Hat man endlich ein Mittel gefunden, mich aus der Stadt zu vertreiben?»

Wanner lächelte sanft: «Ich versichere Ihnen, Herr Schaller, dass ich aus eigenem Antrieb hergekommen bin.»

Schaller schnaubte verächtlich und bemerkte, dass es falsch gewesen war, sich derart hinreißen zu lassen. Er hatte sich eine Blöße gegeben.

«Ich frage Sie nur nach Ihrem Verhältnis zu dem verstorbenen Jakobus Ehrenhoff. Er gehörte zum Patriziat der Stadt. Sie hingegen sind relativ neu in Nürnberg, man würde eine innige Verbindung nicht so ohne weiteres vermuten.»

«Von inniger Verbindung kann hier keine Rede sein», sagte Schaller verärgert, aber gefasst.

«Ich sage dies nur, weil ich aus sicherer Quelle weiß, dass sie Herrn Ehrenhoff häufig aufgesucht haben.»

Schaller verschränkte die Hände auf dem Rücken und wandte sich nachdenklich zur Seite. Dann drehte er sich ruckartig um, sah Wanner mit einem Gesichtsausdruck an, der wohl Aufrichtigkeit signalisieren sollte, und sagte: «Ach, hören wir doch auf mit dem Katz-und-Maus-Spiel. Es wird ohnehin alles ans Tageslicht kommen.»

Wanner blickte ihn gespannt an.

«Wir hatten ein rein geschäftliches Verhältnis, Herr Inspektor.»

«In welcher Form, wenn ich fragen darf?»

«Ich habe ihm Geld geliehen.»

«Wie?» Wanner war verblüfft. Dieser Neureiche hatte dem Ratsherrn Geld geliehen?

«Aber ja!» Schallers Augen leuchteten triumphierend. «Er war bei mir hoch verschuldet.» Er breitete die Arme aus. «So ist es nun mal. Da sehen Sie, dass ich nun wirklich kein Interesse daran haben konnte, den armen Jakobus umzubringen.»

«Den armen Jakobus?»

Schaller machte eine wegwerfende Handbewegung: «Ach was, so hab ich ihn nur im Stillen genannt.»

«Aber warum denn?», beharrte Wanner.

Schaller zögerte kurz. «Er war ein geplagter Mensch», sagte er dann.

«Geplagt?»

«Ja. Den Eindruck hatte ich. Er wurde von Dämonen heimgesucht.»

«Von welchen Dämonen?»

«Wenn ich das wüsste ... aber er hat aus irgendeinem Grund immer wieder Geld gebraucht. Seine finanzielle Situation schien geradezu verzweifelt. Das hat mich sehr gewundert, aber ich habe nie nachgefragt.»

«Hatte er geschäftliche Misserfolge zu beklagen?», fragte Wanner.

«Welche Geschäfte denn?», fragte Schaller abfällig. «Er hat Ämter bekleidet und Privilegien genossen, mehr war doch nicht übrig.»

«Vielleicht seine Ländereien ...?»

«Was weiß ich von seinen Ländereien? Ich kann Ihnen nicht weiterhelfen.»

«War er sehr hoch bei Ihnen verschuldet?»

«Nun, sogar für einen Patrizier waren es recht ansehnliche Beträge.»

«Und Sie wissen nicht, wofür er das Geld benötigt hat?»

«Nein, ich kannte ihn wirklich nicht näher. Er hat mir nichts Privates erzählt», sagte Schaller. «Aber Sie können sich eins denken ...»

«Was denn?»

«... als er zu mir kam und mich um Geld anbettelte, muss er vorher schon bei vielen anderen gewesen sein ... oder er hatte Interesse daran, dass niemand von seiner Notlage erfuhr.»

Wanner nickte: «Ich danke Ihnen, Herr Schaller.»

Der Inspektor hatte sich schon verabschiedet und war auf dem Weg zur Tür, neben der der Diener wartete, da drehte er sich noch einmal um: «Ach, Herr Schaller ...»

«Ja?»

«Haben Sie jemals einen Totenkopf in Ehrenhoffs Arbeitszimmer gesehen?»

«Einen Totenkopf?» Schaller schien ehrlich erstaunt. «Nein.»

«Danke nochmals und auf Wiedersehen.»

Der Diener hielt dem Inspektor die Tür auf und sah ihm nach, als er die breiten Treppenstufen zum wartenden Schlitten hinabstieg.

Wanner setzte sich hinein und zog zufrieden die Wolldecke bis zum Hals. Der Schlitten ruckte an und fuhr davon.

18 KINDER DER NACHT «Ich bin Keiner, das ist Nichts, und er heißt Schwarz. Wir waren mal zu fünft, aber Staub ist tot, und Niemand wurde entführt.»

Pistoux sah die Kinder neugierig an. Keiner, der Anführer, war höchstens zwölf Jahre alt. Schwarz, der zweite Junge, vielleicht zehn. Und das kleine Mädchen acht. Sie trugen schmutzige Kleider, die man schon eher Lumpen nennen konnte und sie notdürftig warm hielten. Der Unterschlupf der Kinder war kaum mehr als eine Höhle und befand sich im Kellerraum eines teilweise zerfallenen Turms der äußeren Mauer mit einem Zugang vom Stadtgraben aus. Der Zugang wurde von einer morschen Tür verdeckt, dessen Scharniere die Kinder jeden Tag hingebungsvoll ölten, damit sie nicht zu quietschen anfingen und sie verraten würden. Es gab noch einen zweiten Ausgang durch einen Spalt in der Mauer, vor dem ein Teppich hing.

Da sie kein Feuer machen wollten, um nicht entdeckt zu werden, war es im Keller recht kalt. Aber die Kinder hatten sich im Laufe der Zeit alte Teppiche, Decken, Kissen und Matratzen zusammengesucht und den Kellerraum mit Hilfe von Stroh so gut es ging abgedichtet. Und dank der großen Kerzen, die in den Ecken und auf den als Tischen dienenden Kisten standen, wurden zumindest der Frost vertrieben und die Finsternis besiegt. In einer Ecke bemerkte Pistoux eine Kiste, über die eine weiße Tischdecke gelegt war. Darauf stand ein Adventskranz, und daneben eine Schale mit Äpfeln und Nüssen. Über diesem Arrangement hing an der Wand ein Kruzifix. Gegenüber hingen die Flügel und das Gewand des Rauschgoldengel-Kostüms an der Wand, mit dem die Kinder Pistoux an der Nase herumgeführt hatten. Er lächelte. Sicherlich war er nicht der Einzige gewesen, den sie auf diese gewitzte Art bestohlen hatten.

Pistoux saß auf einer Kiste und blickte die drei verlorenen

Kinder an. Das Mädchen hatte sich in eine Wolldecke eingemummt, während der Älteste einige Kerzen angesteckt hatte. Der Junge, der sich Schwarz nannte, holte eine Flasche aus einer Ecke und stellte sie auf eine Kiste, die als Tisch diente. Dann stellte er vier kleine Gläschen dazu und schenkte eine goldbraune Flüssigkeit aus.

«Das ist Rum», sagte Keiner stolz. «Der kommt aus Indien.»

«Ihr trinkt Alkohol?», fragte Pistoux.

«Wir können ja nichts Warmes kochen. Also müssen wir etwas trinken, das uns von innen warm macht. Jeder bekommt am Abend ein kleines Glas, jedenfalls solange es Winter ist. Wir betrinken uns nicht», sagte er stolz. «Sonst werden wir gefangen.»

«Wie lange lebt ihr schon hier?», fragte Pistoux, während er sein Gläschen mit Rum entgegennahm.

«Seit November, als es kalt wurde. Vorher haben wir draußen vor der Stadt in einer Hütte im Wald gelebt. Gar nicht weit von hier. Von dort aus konnten wir jeden Tag in die Stadt kommen, um uns zu versorgen. Aber es ist zu anstrengend, im Winter dorthin zu gelangen. Im Frühling gehen wir wieder in den Wald.»

Keiner hob sein Glas: «Wir trinken auf unsere Freiheit!» Und an Pistoux gewandt fügte er hinzu: «Das tun wir jeden Abend.»

Pistoux griff ebenfalls nach seinem Glas und sagte: «Auf eure Freiheit, Kinder.»

«Auf deine trinken wir auch», korrigierte ihn Keiner.

«Auf unsere Freiheit», sagte Schwarz.

Auch das Mädchen mit den blonden Locken trank sein Glas in einem Zug aus. Dann hustete sie und kuschelte sich noch tiefer in ihre Decke ein.

«Warum habt ihr so eigenartige Namen?», fragte Pistoux.

«Ich bin Keiner, weil keiner sich um mich kümmert», sagte der Anführer. Dann deutete er auf das Mädchen: «Das ist Nichts, weil ihre Familie sie vergessen hat. Das da ist Schwarz, weil er schwarze Haare hat. Staub trug seinen Namen, weil er den Erwachsenen nichts wert war. Und Niemand wurde von allen übersehen.»

«Keiner hat uns die Namen gegeben», sagte das Mädchen. «Er ist unser Häuptling.»

«Weil ich der Älteste bin», sagte Keiner.

«Wo kommst du her?», fragte Pistoux.

Keiner zuckte mit den Schultern. «Aus einem kleinen Ort. Meine Eltern haben mich in eine Klosterschule geschickt. Dort wurde ich jeden Tag verprügelt, bis ich weggelaufen bin.»

«Und du?», fragte Pistoux das Mädchen.

«Sie haben mich einfach vergessen. Wir haben immer gehungert zu Hause, obwohl mein Vater und meine Mutter in die Fabrik gegangen sind. Aber dann wollten sie in eine andere Stadt und haben mich zurückgelassen. Als ich nichts mehr zu essen hatte, bin ich losgegangen, um etwas zu stehlen, und da habe ich die anderen getroffen.»

«Wir sind jetzt ihre Familie», sagte Keiner.

«Guck mal», sagte das Mädchen und hielt etwas in die Höhe.

«Was ist das?»

Sie lächelte wissend. «Unser Talisman. Eine Hasenpfote. Jeder von uns hat so eine.»

Ihre kleine Hand verschwand wieder unter der Decke.

«Und was ist mit dir?», wandte Pistoux sich an Schwarz.

«Ich komme aus dem Waisenhaus. Ich wollte meine Mutter finden. Als ich zu ihr kam, hat sie mich wieder fortgeschickt. Der Mann, der bei ihr war, wollte mich auch nicht.»

«Und die anderen beiden?»

«Staub redete nicht viel. Er hat nie gesagt, wo er herkam. Er war eines Tages plötzlich da und ist mit uns mitgekommen. Dann hat er den vergifteten Lebkuchen gegessen und ist gestorben.»

«Und Niemand? Was ist mit ihm? Warum ist er so plötzlich verschwunden?»

«Du kannst ihn ja fragen, wenn du uns geholfen hast, ihn zu befreien», sagte Keiner.

«Ich soll euch helfen?»

«Ja, deswegen haben wir dich geholt.»

«Aber ...»

«Wir kommen dort nicht hinein. Wir brauchen einen Erwachsenen.»

«Er hat nämlich Angst vor uns», sagte Schwarz.

«Wo wollt ihr denn hinein? Und wer hat Angst? Ich verstehe kein Wort.»

«Der Mörder!», rief das Mädchen. «Er hat Niemand gefangen.»

«Der Mörder?»

«Der Mann, der Staub vergiftet hat!», rief Schwarz.

«Welcher Mann denn?»

«Der Gewürzhändler, der auf dem Henkersteg wohnt», sagte Keiner.

«Den kenne ich nicht.»

«Aber wir kennen ihn, und er kennt uns.»

«Der Gewürzhändler ist der Mörder, den die ganze Stadt sucht?»

«Die ganze Stadt sucht ihn gar nicht. Es ist nur ein Polizist.»

«Aber alle sprechen davon.»

«Sie sprechen von dem toten Ratsherren», sagte Keiner empört. «Für einen toten Straßenjungen interessiert sich niemand.»

«Es heißt, der Ratsherr sei auch vergiftet worden.»

«Ja», sagte Keiner. «Auch das war der Gewürzhändler!»

«Woher wisst ihr das?»

«Wir haben gesehen, wie er den Toten zum Stadtgraben gebracht hat.»

«In den Stadtgraben? Ich dachte, er sei am Henkersteg gefunden worden.»

«Jemand hat die Leiche wieder zum Mörder zurückgebracht.»

«Wer denn?»

Keiner zuckte mit den Schultern.

«Und Niemand weiß das alles auch?»

«Ja, und deshalb wird der Gewürzhändler ihn auch töten, wenn wir ihn nicht befreien.»

Pistoux versuchte, irgendeinen Sinn in diese Behauptungen zu bringen. Warum sollte ein Gewürzhändler einen Straßenjungen vergiften und außerdem einen Ratsherrn?

«Ich verstehe das alles nicht», sagte er. «Warum diese Morde? Wie hängt das alles zusammen?»

«Du musst uns erst helfen, dann wirst du es schon verstehen», sagte Keiner und sah Pistoux listig an: «Dein Freund, der Bäcker, wird jedenfalls wieder aus dem Gefängnis kommen, wenn du den wahren Mörder der Polizei übergeben hast.»

Pistoux zögerte.

«Wir müssen Niemand retten!», rief das Mädchen.

«Heute Nacht noch», sagte Keiner.

Pistoux seufzte. «Ihr lasst mir keine Wahl.»

«Wir haben auch keine Wahl», sagte Keiner.

«Aber wenn das stimmt, was ihr sagt, dann ist der Mann sehr gefährlich.»

«Wir haben noch etwas für dich.» Keiner stand auf und ging in eine dunkle Ecke, wo er sich auf dem Boden zu schaffen machte. Er löste einige Steine am Fußende der Mauer und fasste in ein so entstandenes Loch. Dann zog er einen Gegenstand hervor und hielt ihn in die Höhe.

«Ein Revolver!», stellte Pistoux fest. «Wo habt ihr denn den her?»

«Wir haben ihn in unserer Hütte im Wald gefunden.»

Keiner gab Pistoux die Waffe. Der klappte die Trommel heraus und schüttelte den Kopf. «Keine Patronen.»

«Patronen?»

«Wie soll ich ohne Patronen schießen?»

Die Kinder sahen sich ratlos an.

«Dann schießt du eben nicht», entschied Keiner. «Du musst ihn ja nur bedrohen. Damit er Niemand freilässt.»

Pistoux ließ die Trommel wieder einschnappen und blickte den Revolver skeptisch an.

«Das ist riskant.» Aber immer noch besser, als jemanden versehentlich und ohne ausreichenden Grund zu erschießen, dachte er bei sich.

«Du musst ihm damit Angst machen», sagte das Mädchen.

«Ja, genau», stimmte Schwarz ihr zu.

19 *DIE KNOCHENHAND* Frau Ehrenhoff war eine beeindruckende Erscheinung. Inspektor Wanner wurde von einem Hausmädchen in den Salon geführt und hielt kurz den Atem an, als er ihr plötzlich gegenüberstand. Mit ihrem dunklen Teint und dem klassischen Profil wirkte sie wie eine römische Fürstin. Sie trug ein hochgeschlossenes, eng anliegendes, schwarzes Kleid mit Puffärmeln, das neben der Schönheit seiner Trägerin ebenfalls zur Verwirrung des Inspektors beitrug: Vom Hals bis zum Saum verlief genau in der Mitte eine auffällige Knopfreihe. Wanner stellte sich vor, wie lange es wohl dauern musste, bis diese Reihe aufgeknöpft war und die Dame sich ihres Kleids entledigen würde, und in welchem Zustand diese leicht verblühte Rose sein würde, wenn sie von ihren äußersten Blütenblättern befreit war …

«Guten Tag, Inspektor.» Sie hatte eine dunkle, warme Stimme.

«Mein aufrichtiges Beileid, gnädige Frau.» Es hätte nicht viel gefehlt, und Wanner hätte die Hacken zusammengeschlagen, denn diese Dame flößte ihm mehr Respekt ein als alle seine Vorgesetzten zusammen.

Sie nickte ernst und deutete auf einen gepolsterten Stuhl gegenüber ihres Lehnstuhls: «Ich bitte Sie, setzen Sie sich doch.»

Wanner machte es sich bequem, wobei er darauf achtete, nicht zu steif und auch nicht zu flegelhaft zu wirken.

«Darf ich Ihnen einen Tee anbieten?» Frau Ehrenhoff deutete auf das silbern glänzende Service auf dem Teetischchen neben sich.

Wanner hob abwehrend die Hände: «Oh, nur keine Umstände.»

«Bitte», sagte Frau Ehrenhoff, und das Zimmermädchen, das den Inspektor hereingeleitet hatte, brachte ihm eine Tasse Tee, die sie auf ein kleines Tischchen neben ihm stellte.

«Sie sollten auch unser herrliches *Früchtebrot* versuchen, Inspektor. Es ist etwas Besonderes, unsere Hedwig backt es für uns.»

Hedwig kann backen, dachte Wanner, und fragte sich im gleichen Moment, warum er darüber eigentlich erstaunt war.

Das Mädchen brachte ihm ein Stück vom Früchtebrot und stellte den Teller neben die Teetasse. Wanner brach sich umständlich ein Stückchen davon ab und führte es zum Mund. Es war ihm peinlich, dass Frau Ehrenhoff ihm dabei zusah. Er verschluckte sich und musste husten.

«Entschuldigen Sie.» Er trank einen Schluck Tee und fragte sich, ob es falsch war, die Untertasse einfach auf dem Tischchen stehen zu lassen. Er stellte die Tasse klirrend zurück und war nun vollends verlegen. Wie sollte er unter diesen Umständen seine Fragen stellen?

Frau Ehrenhoff warf dem Mädchen einen kurzen Blick zu, worauf es sich zurückzog.

«Oberrat Schreiber hat mir Ihren Besuch angekündigt, Inspektor.»

Wanner nickte höflich.

«Er sagte, Sie seien mit den Ermittlungen bezüglich des Todes meines Mannes beauftragt, und er hätte vollstes Vertrauen zu Ihnen.»

«Vielen Dank.»

«Er versicherte mir außerdem, dass Sie zum Schweigen verpflichtet sind.»

«Ganz recht.»

«Er sagte, es könnte passieren, dass sie mir schmerzliche Fragen stellen.»

«Ich bitte Sie schon jetzt, mir zu verzeihen.»

«Ich habe meinen Mann selten gesehen. Er hat sich um sein Handelsunternehmen gekümmert und um die Belange der Stadt. Er ist morgens vor mir aufgestanden und abends nach mir ins Bett gegangen. Nur bei offiziellen Anlässen waren wir uns nahe. Aber dann trug er diesen entsetzlichen, breiten Halskragen, der wie ein Schutzwall wirkte ...» Sie brach ab und blickte nachdenklich vor sich hin. Dann fuhr sie fort: «Ich habe meinen Mann immer nur in Halskrause und Spitzhut gesehen. Wenn wir zusammentrafen, war er immer nur verkleidet, dabei haben wir das Nachtlager miteinander geteilt ...»

Wanner aß hastig den Rest des Früchtebrots auf.

«Er war mir so bekannt und unbekannt wie eine Menge

anderer Menschen, mit denen wir hier in Nürnberg zu tun haben … Ich bin nicht aus Nürnberg, wissen Sie, ich komme aus Linz.»

Sie blickte zu Boden. Wanner merkte, dass er ihr helfen musste, sonst würde sie ihm womöglich vieles erzählen, nur nicht das, was er wissen wollte.

«… der Leichnam war seit langem einmal wieder die Möglichkeit gewesen, meinen Mann eine längere Zeit lang anzusehen … seine Überreste …»

«Vielleicht ist Ihnen dennoch etwas Bemerkenswertes an Ihrem Gatten aufgefallen, gnädige Frau.»

Sie sah auf. «Etwas Bemerkenswertes?»

«Etwas Beunruhigendes, eine neue Angewohnheit …»

«Er hatte keine Angewohnheiten, soviel ich weiß», sagte sie abweisend.

Wanner merkte, dass sie nicht mehr sagen wollte. Sie hatte sich gehen lassen, jetzt wollte sie das ungeschehen machen und lieber gar nichts mehr sagen.

«Bitte», Wanner beugte sich nach vorn. «Es geht um ein schreckliches Verbrechen. Ihr Mann ist ermordet worden. Und selbst wenn es … jemand anderes gewesen wäre … Es handelt sich um Mord.»

«Ja», sagte sie leise, «sie haben Recht. Es handelt sich um Mord. Und da sind alle Menschen gleich.»

«Ist Ihnen wirklich nie etwas aufgefallen?»

«Ja, was denn …?»

«Hat er sich mit besonderen Dingen befasst?»

«Mit Dingen?»

«Nun ja …»

«Ich verstehe nicht, worauf Sie hinauswollen, Inspektor.»

«Interessen, Leidenschaften …»

Wanner holte tief Luft: «Ihr Dienstmädchen, das andere, Hedwig …»

Frau Ehrenhoff unterbrach ihn: «Ach, solche Interessen meinen Sie. Leidenschaften. Ja, sicher, so kann man es wohl nennen. Glauben Sie nicht, dass ich nichts davon wusste.»

«Wovon denn?»

«Na, wovon sprechen wir denn gerade, von den Leidenschaften!»

«Ja, gnädige Frau, entschuldigen Sie, aber es liegt in der Natur dieser Ermittlungen, dass ich Fragen stellen muss, die unter normalen Umständen ...»

«Schon gut, werden wir sachlich.» Eine sanfte Röte hatte sich auf dem schönen Gesicht der Ratsherrenwitwe ausgebreitet. «Sie fragen nach Hedwig?»

«Nur weil ...»

Mit einer Handbewegung schnitt sie ihm das Wort ab: «In gewisser Weise war ich ja froh, dass Hedwig zu uns kam. Die anderen Dienstmädchen gingen schnell wieder. Es war ein ständiges Kommen und Gehen, jedenfalls was die jüngeren betraf.» Sie sprach jetzt immer schneller, als wollte sie es rasch hinter sich bekommen. «Sie haben sich nie beklagt, sie sind einfach gegangen. Natürlich hat man sich zunächst gewundert ... Edwina, unsere Hausdame, war schon am Verzweifeln ... Zunächst dachte man natürlich, es hätte etwas mit ihr zu tun ... aber es war einfach ... Mein Mann hat in seinem Arbeitszimmer ... die Mädchen ... Es hätte nicht sein dürfen ... aber ...» Sie brach ab, rieb sich nervös die Hände und blickte Wanner Hilfe suchend an: «Was hat Ihnen Hedwig denn erzählt? Warum ist sie geblieben? Was soll ich davon halten? Ich werde sie wohl entlassen müssen, jetzt nachdem alles vorbei ist. Herr Inspektor?»

Wanner hasste sich dafür, aber er wusste, dass er es jetzt fragen musste.

«Es geht mir nicht um Hedwig, sondern um das, was sie mir gesagt hat», sagte er jetzt mit fester Stimme, den forschenden Blick auf das vergrämte Gesicht der schönen Bürgerin gerichtet. «Sie sagte, Ihr Mann habe einen Totenkopf besessen.»

Frau Ehrenhoff blickte ihn versteinert an.

«Er hat ihn ihr nicht gezeigt, sondern ihn in seiner Schublade versteckt.» Frau Ehrenhoff regte sich nicht. Sie war blass geworden.

«Es ist doch ungewöhnlich, dass jemand einen Totenkopf in seiner Schublade aufbewahrt.»

Frau Ehrenhoffs Blick war leer.

«Ein eher kleiner Kopf soll es gewesen sein. Der Unterkiefer fehlte.»

«Hören Sie auf», stöhnte Frau Ehrenhoff.

«Die Frage, die ich mir stelle, lautet: Warum hat er diesen Schädel besessen? Und zweitens: Gab es noch mehr oder Ähnliches davon?»

Die Witwe des Ratsherrn zitterte jetzt am ganzen Körper.

«Die Hand!», flüsterte sie.

Wanner lehnte sich zurück. «Was für eine Hand?»

«Eine … Knochenhand.» Frau Ehrenhoff schlug sich die Hände vors Gesicht und begann zu schluchzen.

Wanner spürte ein Gefühl der Befriedigung und schämte sich dafür. Er hatte diese würdevolle und schöne Frau zum Weinen gebracht. Solche zweifelhaften Erfolge brachte sein Beruf mit sich.

«Erzählen Sie mir von dieser Knochenhand.»

Frau Ehrenhoff zog sich ein spitzenverziertes Taschentuch aus dem Ärmel und schnäuzte sich damit. Die Hände auf die Armlehnen gestützt, versuchte sie dann, sich zu sammeln. Als das Schluchzen verebbt war, atmete sie tief durch und sagte: «Er hat mit der Knochenhand geschlafen.»

«Was?»

«Sie lag unterm Kopfkissen.»

«Erklären Sie mir das!»

«Das Mädchen, das sie beim Bettenmachen entdeckt hat, ist nicht mehr bei uns. Sie hat wenig später gekündigt. Sie traute sich nicht, sie anzufassen.»

«Wie sah diese Hand aus?»

«Nur die Knochen, wie bei einem Skelett.»

«Und diese Knochenhand lag unter dem Kopfkissen.»

«Ja, ich nehme an, dass er sie jeden Abend dorthin gesteckt hat. Am Morgen nahm er sie dann wieder mit.» Sie unterdrückte ein Schluchzen und versuchte ein sarkastisches Lächeln: «Er hat sie wohl wieder in die Rocktasche gesteckt.»

«Ein Talisman?»

«Knochen! Uralte Knochen, weiß und blank und zerbrechlich!»

«Woher stammen sie?»

«Ich habe ihn selbstverständlich nicht gefragt.»

«Aber was haben Sie mit der Hand gemacht?»

«Ich nahm eins seiner Taschentücher und wickelte sie darin ein. Dann habe ich sie in sein Arbeitszimmer gebracht und auf den Schreibtisch gelegt.»

«Und Sie haben nicht darüber gesprochen?»

«Natürlich nicht. Ich konnte ihn doch schlecht fragen, warum er mit einer Totenhand unter dem Kopfkissen im Bett neben mir schläft!»

Frau Ehrenhoffs Gesicht war jetzt aschfahl und sah knittrig aus. Die Rose war schlagartig verblüht. Als Wanner dies bemerkte, war es wie ein Schock: Er hatte mit einigen wenigen Fragen die ganze Schönheit dieser stolzen Frau zugrunde gerichtet.

«Ja, vielleicht», murmelte er. «Was hätten Sie auch fragen sollen ...?»

«Ja, was?»

Er wusste es nicht. Für einen Moment setzte Schweigen zwischen ihnen ein. Frau Ehrenhoff schnäuzte sich. Wanner hustete. Seine Kehle war trocken. Er hätte gern noch einen Schluck Tee getrunken, aber die Tasse war leer. Sich selbst etwas einzuschenken, wagte er nicht. Ihn durchzuckte noch der Gedanke, wie eigenartig es doch war, dass er sich traute, dieser einflussreichen Bürgerin solche grausamen Fragen zu stellen, es aber nicht über sich brachte, sich unaufgefordert eine Tasse von ihrem Tee einzuschenken. Dennoch, er musste seinen Auftrag zu Ende führen.

«Ich muss Sie in diesem Zusammenhang auch noch etwas anderes fragen», versuchte er behutsam, den Anschluss zu finden.

«Dann tun Sie es bitte.»

«Sind Sie bekannt mit dem Fabrikanten Leopold Schaller?»

«Ich? Mit Schaller bekannt? Der lebt doch in der Vorstadt.»

«Oder Ihr Mann?»

«Was sollte mein Mann mit Schaller zu tun haben?»

«Das frage ich Sie.»

Frau Ehrenhoff gab Wanner durch einen Blick zu verstehen, dass sie diese Frage für unangebracht hielt.

«Möglicherweise gab es Verbindungen politischer Art zwischen den beiden, das wäre ja möglich. Ein Fabrikant kommt natürlich mit dem Stadtrat in Kontakt.»

«Eine Verbindung wirtschaftlicher Art würde Sie also eher erstaunen.»

«Das würde mich allerdings sehr wundern.»

«Es ist aber so, dass Ihr Mann offenbar beträchtliche Schulden bei Herrn Schaller gemacht hat.»

Sie senkte den Kopf.

«Sie haben doch davon gewusst?», bohrte Wanner nach.

Sie nickte, ohne aufzusehen. Dann hob sie ruckartig den Kopf und sah ihn direkt an: «Unser Bankier, Herr Stromair, hat mir gestern mitgeteilt, dass unser Haus nicht nur gegenüber Herrn Schaller Verpflichtungen eingegangen ist, sondern auch bei dem Gewürzhändler Wetzel zu einem sehr beträchtlichen Teil verschuldet ist.»

«Bei Wetzel?», fragte Wanner verwundert.

Frau Ehrenhoff lächelte bitter: «Bei diesem unseriösen Schacherer!»

«Das ist in der Tat erstaunlich.»

«Und ich muss hinzufügen, Herr Inspektor, dass unser Haus mit vielem gehandelt hat in seiner langen Geschichte, mit Keramik, Schmuck und edlen Metallen, sogar mit Holz und Fellen und Tierhäuten, aber niemals mit Gewürzen.»

«Aber was kann ihr Mann dann für geschäftliche Beziehungen mit Wetzel gehabt haben?»

«Jedenfalls hat er Schulden bei ihm gemacht», sagte Frau Ehrenhoff mit verächtlichen Unterton. «Bei diesem Geschäftemacher, der im Schuldenturm haust …»

«… und auf dem Henkersteg.»

«Dort hat man meinen Mann aufgehängt wie einen Aussätzigen.»

Frau Ehrenhoff brach in lautes Schluchzen aus, beugte sich nach vorn und verbarg ihr Gesicht in den Händen. Ihr Körper wurde von heftigen Weinkrämpfen geschüttelt. Ab und zu stieß sie einen würgenden Schrei voll tiefstem Schmerz hervor.

Inspektor Wanner war erschüttert. Er stand hastig auf und verließ ohne ein weiteres Wort das Zimmer. Ein Hausmädchen brachte ihm Mantel, Schal, Hut und Handschuhe, und er ging.

∴ 20 ∼ Im Dunkel der Nacht

In Nürnberg war es jetzt stockdunkel.

«Wir müssen jetzt gehen», sagte Keiner.

Pistoux zuckte mit den Schultern. Auf was für eine seltsame Geschichte ließ er sich da ein?

«Bevor wir losgehen, wollen wir noch beten», sagte Keiner.

Die Kinder standen auf und traten vor das Kruzifix.

«Lieber Gott, du musst uns helfen, denn der Teufel hat die Menschen böse gemacht. Amen», beteten die drei gemeinsam, wie sie es offenbar schon oft getan hatten.

Dann verließen sie das Versteck und stapften durch den verharschten Schnee im Stadtgraben zu einer Treppe, die sie hinaufstiegen, um dann über einen Wehrgang und eine weitere Treppe in eine Gasse zu gelangen, die Richtung Pegnitz und zum Henkersteg führte.

Draußen war es bitterkalt. Über den dunklen Gassen leuchteten Sterne am klaren Himmel. Es waren nicht mehr viele Menschen unterwegs. Alle hatten sich in ihre warmen Stuben zurückgezogen, aßen zu Abend oder saßen beieinander und freuten sich auf das Weihnachtsfest, trafen letzte Vorbereitungen, bastelten Geschenke oder verpackten sie. Manchen fiel vielleicht gerade ein, dass sie vergessen hatten, sich rechtzeitig um einen Weihnachtsbaum zu kümmern. Andere erinnerten sich nicht mehr, wo sie die Kiste mit dem Christbaumschmuck hingetan hatten. In den Küche diskutierten die Frauen über die Zutaten für das große Weihnachtsessen oder backten noch mehr Plätzchen, Stollen und Früchtebrote. Und niemand sah nach draußen und bemerkte die vier Gestalten, ein Mann und drei Kinder, auf dem Weg zum Henkersteg.

«Wenn wir einem Polizisten begegnen», hatte Keiner zu Pistoux gesagt, «dann laufen wir weg, und du gehst einfach weiter. Wir treffen uns dann am Henkersteg.» Aber es kam ihnen kein Polizist entgegen. Wer jetzt noch unter Menschen sein wollte, musste sich entweder ins helle elektrische Licht begeben, das den Christkindlesmarkt erhellte und die Buden wie jeden Abend in überirdisch strahlendes Licht tauchte, oder in ein Wirtshaus gehen, wo es auch an diesem Sonnabend vor dem vierten Advent lautstark zuging.

Aber am Henkersteg war es still. Das Wasser der Pegnitz floss unter einer Eisdecke zwischen den beiden Bögen der Brücke hindurch. Noch war das Eis nicht dick genug, dass Menschen sicher darauf laufen konnten.

Pistoux und die Kinder näherten sich dem Henkersteg vom Ufer her. Sie bemerkten die erleuchteten Fenster im Gebäude, das auf den Steg gebaut worden war und der einzige Zugang zum Schuldturm war.

Über eine schmale vereiste Treppe stiegen sie vom Ufer hinauf zur Straße und gelangten zur Haustür des Gewürzhändlers Wetzel. Die Kinder drängten sich rechts und links von der Tür an die Hauswand, damit sie nicht gesehen werden konnten, und Pistoux betätigte den eisernen Türklopfer.

Nach einer Weile wurde die Tür geöffnet, und Wetzel, bekleidet mit einem Kimono, einem Fes und spitzen Hausschuhen an den Füßen, erschien.

«Ja, bitte?», fragte er. «Womit kann ich dienen?»

Pistoux bemerkte eine lange Porzellanpfeife in der Hand des Gewürzhändlers. Ein süßlicher Geruch nach Räucherwerk strömte mit der warmen Luft aus dem Inneren des niedrigen Häuschens.

«Man hat mir gesagt, ich könnte hier einen kleinen Jungen finden», sagte Pistoux.

Wetzel blinzelte über Pistoux' Schulter hinweg, als würde die kalte Luft seinen Augen zusetzen. «Einen Jungen? Nein. Da irren Sie sich.»

«Es wurde mir versichert, dass mein Lehrling aus der Bäckerei hier zu finden sei», beharrte Pistoux und schob vorsichtig seinen rechten Fuß vor.

«Ein Lehrling? Welche Bäckerei?»

«Die Bäckerei Dunkel. Der Junge ist uns fortgelaufen, wohl weil ihm eine Strafe droht. Wir wollen, dass er zurückkommt.»

«Aber ich habe mit Ihrem Jungen nichts zu schaffen!», rief

Wetzel ungeduldig. «Wie kommen Sie denn auf einen derartigen Gedanken?»

«Er ist hier gesehen worden.»

«Unsinn.» Wetzel trat einen Schritt zurück und wollte die Tür schließen. «Sie irren sich. Auf Wiedersehen!»

Pistoux schob den Fuß vor und blockierte die Tür.

«Lassen Sie das! Ich verbitte mir ...» Wetzel versuchte, die Tür gewaltsam zuzudrücken.

Die Kinder kamen Pistoux zu Hilfe. Die Tür rückte wieder ein Stückchen weit auf. Wetzel schrie: «Zu Hilfe, zu Hilfe, Einbrecher!»

Es half nichts. Mit vereinten Kräften stemmten Pistoux und seine Helfer die Tür auf. Wetzel taumelte zurück, stolperte und fiel hin.

Die Eindringlinge stürzten herein und schlossen hastig die Tür hinter sich.

«Stehen Sie auf!», forderte Pistoux den Gewürzhändler auf. «Und führen Sie uns zu dem Jungen.»

«Nein!», rief Wetzel.

«O doch», sagte plötzlich eine ganz andere Stimme.

In der linken Tür, die in Wetzels Wohnräume führte, erschien ein großer, kräftig gebauter Mann. Pistoux erkannte ihn sofort. Es war Leopold Schaller, der Fabrikant. Pistoux fasste unwillkürlich in die Manteltasche. Er zog seinen Revolver hervor. Doch noch ehe er zielen konnte, bemerkte er einen zweiten Revolver in Schallers Hand.

«Lassen Sie die Waffe fallen!», kommandierte Schaller.

Pistoux warf den Revolver zu Boden.

«So ein Mist!», hörte er Keiner schimpfen.

«Heb das Ding auf!», befahl Schaller dem Gewürzhändler, der sich gerade wieder aufrappelte.

Wetzel hob den Revolver auf und zielte damit auf die Kinder.

«Los!», sagte Schaller. «Wir schaffen sie in den Turm.»

∴ 21 ∾ DER WIDERSPENSTIGE

Wanner fragte sich, ob er jemanden holen sollte, der ihm die Tür aufbrach, da wurde sie aufgezogen, und das verwirrte schweißglänzende Gesicht mit der Hakennase des Gewürzhändlers erschien. Dünne Haare klebten feucht an seinem halb kahlen Schädel. Er rückte sich seine Fes zurecht.

«Ja, bitte? Oh, Sie sind es, Herr Inspektor.»

«Guten Abend.»

«Zu so später Stunde, Herr Inspektor?»

«Es ist noch nicht Schlafenszeit, Herr Wetzel. Außerdem ermittle ich in einem Mordfall. Aufklärung hat absolute Priorität. Genauer gesagt, sind es zwei Mordfälle. Also doppelte Priorität.»

Wetzel nickte unterwürfig.

«Sicher, sicher, Herr Inspektor. Ganz recht. Aber was habe ich damit zu tun?»

«Bei Ihnen wurde die Leiche gefunden.»

Wetzel kratzte sich am Kopf. «Ja, doch, selbstverständlich.»

«Dann möchte ich Sie also bitten, mich hereinzulassen. Ich muss Ihnen noch einige Fragen stellen.»

Wetzel lächelte zaghaft: «Sie haben sich da aber einen ungünstigen Zeitpunkt ausgesucht, Herr Inspektor.»

«Die Polizei kommt immer in ungünstigen Momenten», sagte Wanner. «Ist es nicht so?»

«Könnten wir nicht morgen, vielleicht …?»

«Nein, tut mir Leid.»

«… wenn ich zu Ihnen kommen würde, gleich morgen früh.»

«Bedaure, Ermittlungen in Sachen Mord dulden keinen Aufschub.»

Das Gesicht des Gewürzhändlers verschwand. Wanner drückte gegen die Tür. Sie wurde von einer Kette blockiert. Wanner glaubte, irgendwo Stimmen zu hören. Die Tür wurde zugedrückt. Wanner befürchtete schon, ausgesperrt zu werden, da klapperte die Kette, und Wetzel zog die Tür auf, um den Inspektor hineinzulassen.

«Bitte sehr, treten Sie doch ein.»

Wanner folgte dem Gewürzhändler, der sich zu seinem Kimono jetzt noch einen Fes aufgesetzt hatte, in den mit dem orientalischen Gerümpel voll gestellten Vorraum und wurde wie schon bei seinem ersten Besuch in den Salon geführt. Auch diesmal war es wieder sehr heiß in dem Raum, dessen Wände mit chinesischen Gobelins behängt waren.

Wetzel deutete auf einen Sessel: «Nehmen Sie doch Platz, Herr Inspektor.» Dann kniete er sich hin und machte sich an einer der Vitrinen mit den Porzellanfiguren zu schaffen. Die Figuren waren größtenteils umgefallen. Das Glas der Vitrine hatte mehrere Sprünge. Wetzel seufzte, während er die Figuren wieder aufrichtete.

Wanner bemerkte neben dem Ofen ein Häuflein Porzellanteile, die von einer zu Bruch gegangenen Vase zu stammen schienen.

«Haben Sie Besuch gehabt?», fragte der Inspektor.

Wetzel, der sich ganz in das Aufstellen der Figuren vertieft hatte, drehte sich erschrocken um: «Wie bitte?»

«Mir war so, als hätte ich Stimmen gehört.»

«Stimmen? Was für Stimmen?»

«Stimmen eben, sonst nichts.»

Wetzel tat so, als würde er horchen: «Ich höre nichts.»

«Nein. Sie würden es wohl auch wissen, nicht wahr?»

«Bitte?»

«Wenn Sie Besuch hätten, würden Sie es doch zweifellos wissen.»

«Sie sind doch bei mir zu Besuch, Herr Inspektor.»

«Sie haben Recht.»

«Darf ich Ihnen ein Glas Reisschnaps anbieten?»

«Was bitte?»

«Chinesischen Reisschnaps, eine Spezialität des Hauses.»

«Nicht im Dienst, Herr Wetzel, besten Dank.»

«Aber vielleicht etwas anderes: einen türkischen Mokka?» Der Gewürzhändler stand auf.

«Nicht zu so später Stunde, danke sehr.»

Wetzel lief zu einem Bambusschränkchen und zog eine Schublade auf.

«Wie wär's mit *Ingwerplätzchen,* einer englischen Spezialität? Die kennt hierzulande noch kaum jemand.»

«Ich bitte Sie, Herr Wetzel, setzen Sie sich. Mir ist jetzt wirklich nicht nach Süßigkeiten.»

Aber Wetzel rannte schon zu einem weiteren Schrank und zog ein Türchen auf: «*Schoggifrätzli?*»

«Wie bitte?»

«Das ist eine schweizerische Spezialität.»

«Verschonen Sie mich mit Ihren Spezialitäten, Herr Wetzel! Sie setzen sich jetzt augenblicklich hin, oder ich muss Sie mit auf die Wache nehmen.»

Wetzel zögerte. Einen Moment lang hatte Wanner den Eindruck, der Gewürzhändler würde erwägen, ob er nicht lieber mit auf die Wache sollte. Aber dann setzte Wetzel sich endlich auf einen Sessel und nestelte am weiten Ärmel seines Kimono herum.

«Also nun, bitte», sagte er pikiert, «wenn sie meine Spezialitäten verschmähen.»

«Ein andermal, Herr Wetzel.»

Der Gewürzhändler zuckte mit den Schultern und tat eingeschnappt.

«Erzählen Sie mir etwas von Ihrem Verhältnis zum ermordeten Ratsherrn Ehrenhoff.»

Wetzel blickte den Inspektor forschend an. «Was soll ich erzählen? Was geht mich der Mann an?»

«Er wurde hier bei ihnen aufgehängt gefunden. Sie haben Glück, dass Sie nicht schon allein wegen dieser Tatsache verhaftet worden sind.»

«Aber ...» Wetzel breitete die Arme aus. «Kann ich etwas dafür, wenn dieser Mann sich ausgerechnet an meinem Haus aufhängt? Bin ich deswegen schuldig?»

Wanner spürte, wie Ärger in ihm aufstieg. Dieser Kerl war wirklich dreist.

«Sie meinen also, er hätte sich selbst hier aufgehängt?»

«Zweifellos.»

«Dann könnte es doch immerhin sein, dass Sie doch einen Teil der Verantwortung tragen.»

«Ach was!»

«Herr Ehrenhoff war bei Ihnen verschuldet. Es könnte sich also um eine Verzweifelungstat gehandelt haben, an der Sie mit Schuld haben.»

Wetzel blickte den Inspektor erstaunt an.

«Ich?»

«Ganz recht. Sie sind in den Fall verwickelt.»

«Hören Sie, niemals ...»

«Es waren sehr hohe Schulden, Herr Wetzel. Offenbar haben sie sich über Jahre hinweg angehäuft. Wie konnte das geschehen?»

«Das war rein geschäftlicher Natur.»

«Sie hatten mit Ehrenhoff geschäftlich zu tun?»

«Ja, sicherlich.» Wetzel schob sich den Fes zurecht, der auf seinem schweißnassen Schädel verrutscht war.

«Mir wurde aber versichert, Herr Wetzel, dass Ehrenhoff niemals mit Gewürzen handelte.»

«Ich bin nicht auf eine Ware spezialisiert», sagte Wetzel mit aufgesetzter Unschuldsmiene. «Sie sehen doch ... auch Möbel und Kunstgegenstände ...» Er deutete auf seine Einrichtung.

«Sie haben Ehrenhoff also Waren verkauft?»

«Selbstverständlich. Und er hat sie mitunter erst später bezahlt. Das ist doch ganz normal.»

«Anscheinend haben Sie ihm großzügige Bedingungen eingeräumt.»

«Er war ein treuer Kunde.»

«Was haben Sie ihm verkauft?»

Wetzel zögerte. «Es waren ... Gegenstände ...»

«Welcher Art?»

«Religiöser Art, würde ich sagen.»

«Was meinen Sie damit?»

«Christliche Objekte.»

«Objekte?»

«Ja.»

Wanner wurde ungeduldig. «Können Sie sich nicht präziser ausdrücken? Statuen? Figuren?»

«Ja, so in etwa.»

«Was soll das heißen?»

«Es waren eher Teile von Figuren.»

«Ich möchte gerne, dass sie mir diese Figuren einmal zeigen.»

«Oh», Wetzel breitete die Arme aus. «Da müssen Sie sich selbstverständlich an die Familie Ehrenhoff wenden.»

Wanner stand ruckartig auf. «Nun gut», sagte er. «Dann führen Sie mich doch bitte nochmal in ihr Lager.»

«Der Turm?» Wetzel wurde bleich.

«Ganz recht.»

«Aber nein.»

«Was soll das heißen?»

«Sie waren bereits da. Sie werden dort nichts Neues finden.»

«Das zu beurteilen ist doch wohl allein meine Sache.»

«Es wäre wohl angebracht, dass Sie mir eine schriftliche Anordnung vorzeigen, bevor ich Ihnen Zutritt verschaffe.»

Wanner spürte, wie ihm die Zornesröte ins Gesicht stieg. «Sie weigern sich?»

«Eine Anordnung, schriftlich.» Wetzel lief ein Schweißtropfen über die Wange. Sein Fes war schon wieder verrutscht.

«Die werde ich schneller haben, als Sie glauben!»

«Gut, gut», sagte Wetzel hastig. «Dann kommen Sie eben wieder.»

«Genau das werde ich tun.»

Wütend verließ Wanner den überheizten Salon. Im Vorraum mit seinem exotischen Durcheinander fiel sein Blick zufällig in eine Ecke. Unter einer afrikanischen Maske entdeckte er etwas. Er bückte sich und hob das Ding auf.

«Was tun Sie da?», fragte der Gewürzhändler beunruhigt.

Wanner drehte sich um und zeigte ihm, was er gefunden hatte.

«Eine Hasenpfote?», sagte Wetzel.

«Sieht so aus. Gehört die nicht Ihnen?»

Wetzel zuckte ratlos mit den Schultern.

«Wenn nicht, nehme ich sie mit», sagte Wanner und steckte sie in die Manteltasche.

«Auf Wiedersehen.»

Kaum war der Inspektor nach draußen getreten, warf Wetzel die Tür hinter ihm ins Schloss, hakte die Kette ein und schob einen Riegel vor.

Zögernd stapfte der Inspektor über den verharschten Schnee. Dann blieb er stehen und zog die Hasenpfote aus der Manteltasche.

∴ 22 ∾ AUF DÜNNEM EIS

Pistoux stand am Pranger und versuchte, die Konturen des Raumes auszumachen, der von rußenden Fackeln unzureichend erleuchtet wurde. Seine Arme und Beine steckten in engen Löchern, aus denen er sie nicht befreien konnte.

«Früher haben Sie die Diebe auf dem Marktplatz so ausgestellt», hatte Wetzel mit hämischem Grinsen erklärt, als er die Balken über Pistoux' Gliedmaßen gelegt hatte und den Keil in die Sperre trieb.

«Red nicht so viel, Wetzel», hatte Leopold Schaller gemahnt. «Beeil dich.»

Die Kinder standen an den Wänden, ihre Handgelenke waren mit eisernen Armbändern gefesselt, die an schweren, in der Mauer verankerten Ketten hingen. Auch der Junge, den sie Niemand nannten, war da. Als sie, bedroht von Schaller und Wetzel, in den Kellerraum des Schuldturms getreten waren, hatte Niemand sie freudig begrüßt und war dann in sich zusammengesunken, als er die Pistolen in den Händen der beiden Männer gesehen hatte.

Es war eine gespenstische Szene. Der Kellerboden des runden Raums hatte sich im Laufe der Jahrhunderte in Richtung Pegnitz abgesenkt und war teilweise überflutet. In der Mitte stand neben dem Pranger eine Art Altar, über den eine weiße Decke gebreitet war. Darauf lagen, säuberlich angeordnet, blank geputzte Menschenschädel und Menschenknochen. Es standen auch einige kostbar vergoldete Kästen darauf, und auf einem Extratisch ein reich verzierter Schrein.

Plötzlich war Pistoux klar, was für einen verbrecherischen Handel der Gewürzhändler betrieb.

«Das sind Reliquien», sagte er.

«Sieh mal an, der Franzose hat es messerscharf erkannt», sagte Wetzel, als ob er sich geschmeichelt fühlte.

«Sie lassen heilige Knochen stehlen und verkaufen sie an religiöse Fanatiker.»

«Jaja», lachte Wetzel. «Sie bezahlen gutes Geld dafür, sehr gutes Geld.»

«Red nicht so viel!», fiel Schaller ihm ins Wort.

Aber Wetzel redete gern. «Wieso? Wir sind hier in meinem Haus. Da darf ich sagen, was ich will.»

«Denk lieber darüber nach, was wir jetzt mit denen hier machen.»

«Sie sind doch gut verwahrt. Warum sollen sie mir nicht eine Weile zuhören?»

«Das ist eitles Geschwätz und bringt uns nicht weiter», sagte Schaller nervös und ließ seinen Blick über die Kinder gleiten, die an der Wand standen und das Geschehen mit weit aufgerissenen Augen verfolgten.

Auch Pistoux sah zu den Kindern hinüber. Er bemerkte, dass Keiner ihm zublinzelte und andeutungsweise nickte.

«Was haben die Kinder denn mit diesem gottlosen Handel zu tun?», fragte er.

«Die Kinder?», sagte Wetzel. «Mit mir haben die gar nichts zu tun.»

«Sei still!», rief Schaller verärgert.

«Ihr habt Staub umgebracht und den Ratsherrn noch dazu!», rief Keiner.

Wetzel wirbelte herum und grinste hämisch: «Aber nein, nicht wir.» Er deutete auf Schaller: «Es war doch alles seine Idee.»

«Still, Wetzel!» Schaller richtete jetzt seinen Revolver auf den Gewürzhändler. Der wiederum zielte mit seiner Waffe auf den Fabrikanten.

Wieder blinzelte Keiner Pistoux zu.

«Einen Menschen umzubringen und ihn dann aus dem eigenen Fenster zu hängen, ist eine wirklich eigenartige Idee», sagte Pistoux.

Wetzel stampfte mit dem Fuß auf den Boden. «Ich habe ihn nicht aus dem Fenster gehängt!»

«Nein!», rief Keiner laut. «Das waren wir.»

Nun war auch Pistoux erstaunt.

«Diese Kerle da», sagte Keiner, «haben die Leiche vor unserem Unterschlupf in den Stadtgraben gelegt. Wir haben sie ihnen zurückgebracht.»

«Mir habt ihr sie zurückgebracht, ihr vermaledeiten Bengel!», rief Wetzel empört. «Wieso mir und nicht ihm?»

«Weil», sagte Keiner, «du einen von uns umgebracht hast.»

«Ich? Niemals!»

«Doch!», riefen die Kinder wie aus einem Mund, dass Wetzel einen Schritt zurückmachte.

«Nichts habe ich getan, nichts!»

«Du hast vergiftete Lebkuchenherzen in die Bäckerei Dunkel geschmuggelt!», rief Keiner.

«Was? Woher wollt ihr das wissen?»

«Weil wir dich beobachtet haben», sagte Schwarz.

«Ja, du warst es», sagte das Mädchen. «Wir haben dich im Hinterhof gesehen.»

«Unsinn! Lächerlich ...»

«Du hast dich von Kindern belauschen lassen?» Schaller schüttelte ungläubig den Kopf.

«Ruhe!», rief Wetzel hilflos. «Woher wollt ihr denn wissen, dass die Lebkuchen vergiftet waren?»

«Weil Staub davon gegessen hat und gestorben ist.»

«Das war doch seine Idee», sagte Wetzel und deutete auf Schaller. «Er hat mich dafür bezahlt, dass ich die vergifteten Lebkuchen in die Bäckerei bringe. Er wollte den Bäcker Dunkel ruinieren!»

Pistoux hatte verwirrt zugehört. Allmählich wurde ihm klar, was hier geschehen war. Es hatte eine Verkettung eigenartiger Umstände gegeben, die zwei Menschen das Leben gekostet hatten.

«Bäckermeister Dunkel sollte vergiftete Lebkuchen verkaufen, damit Sie ihn ruinieren können?», fragte er ungläubig.

«Und bei diesem gemeinen Plan waren Sie bereit, über Leichen zu gehen? Wegen eines Lebkuchenrezepts?»

«Er hat das Gift zu stark dosiert!», sagte Schaller und zielte mit seinem Revolver auf Wetzel.

«Ich habe nur getan, was mir gesagt wurde!» Der Gewürzhändler richtete nun seinen Revolver auf den Komplizen.

«Du hast das Gift vorgeschlagen!»

«Es war dein Plan!»

«Verräter!»

«Schuft!»

Beide Männer drückten gleichzeitig ab, aber nur ein Revolver war geladen. Es gab einen dröhnenden Knall, und Wetzel wurde nach hinten geschleudert, drehte sich einmal in einer grotesken Pirouette um sich selbst, schlug dann der Länge nach hin und rutschte noch ein Stück weit in dem modrigen Wasser, das sich auf dem glitschigen Kellerboden angesammelt hatte.

Im selben Moment, als der Schuss ertönte, lösten sich vier Paar Hände aus ihren eisernen Fesseln. Schaller wirbelte herum und zielte mit dem Revolver in ihre Richtung. Die Kinder warfen sich zu Boden und verteilten sich in dem dunklen Raum. Sie waren so schnell, dass der Fabrikant keine Möglichkeit hatte, in Ruhe zu zielen. Er fluchte laut. Es war Wetzel gewesen, der die schmalen Kinderhände in Eisen gelegt hatte, ohne daran zu denken, dass es ihnen leicht fallen würde, wieder herauszuschlüpfen.

Schaller erkannte, dass seine Lage aussichtslos war. Sie würden über ihn herfallen, und er konnte es unmöglich mit vier wild gewordenen Straßenkindern aufnehmen in dieser Dunkelheit, selbst wenn er einen Revolver hatte. Er drehte sich um und flüchtete durch die Tür in Wetzels Wohnung.

«Wir müssen hinter ihm her!», rief Keiner. Und schon war

er neben Pistoux und trieb den Keil, der den Pranger zusammenhielt, aus der Halterung.

Kaum war Pistoux frei, sprang er auf und rannte hinter dem flüchtenden Fabrikanten her. Die Kinder folgten ihm. Sie hörten lautes Krachen und Scheppern.

Sie durchquerten den Lagerraum, von dem aus ein Zugang in den Schuldturm führte. Es war nicht einfach. Schaller hatte alle Lichter gelöscht und Kisten und Fässer in den Weg geworfen.

«Schnell raus hier!», rief Keiner, der das Mädchen hinter sich herzog.

Pistoux war schon im Salon angelangt. Die Glasvitrinen mit den Porzellanfiguren waren umgestürzt. Glassplitter lagen überall herum, es war nicht einfach, darüber zu steigen. Pistoux musste einige Scherben aus dem Weg räumen.

Er hörte einen lauten Knall.

Draußen taumelte Inspektor Wanner völlig überrascht zurück und stieß gegen das Geländer der Treppe, die hinunter zur vereisten Pegnitz führte.

Die Hasenpfote in der Hand, hatte er grübelnd vor dem Eingang zur Wohnung des Gewürzhändlers gestanden, als die Tür plötzlich aufgestoßen wurde. Wanner hatte überrascht aufgeblickt und Leopold Schaller gegenübergestanden, der ohne Mantel und Hut aus dem Haus stürzte, mit einem Revolver in der Hand.

Als der Fabrikant den Inspektor erblickte, blieb er wie angewurzelt stehen: «Wieso?», stammelte er. «Woher …?»

Dann richtete er den Revolver auf Wanner und drückte ab.

Wanner spürte, wie sein Kopf zurückgestoßen wurde, und er gegen das Geländer prallte. Er dachte noch: «Wie unbequem …», und schloss die Augen. Er hörte, wie hastige Schritte sich auf harschem Schnee entfernten.

Als er die Augen wieder aufschlug, standen Engel in Lumpen um ihn herum. Nein, es waren Straßenkinder. Was wollten die von ihm? Aber da war ja auch noch dieser Bäcker, der Franzose. Hatte der auf ihn geschossen? Ach was, das war ja der Fabrikant gewesen. Der Fabrikant? Warum schoss der mit einem Revolver auf ihn? Wanner stöhnte laut auf.

«Was ist los?», murmelte er.

«Schaller ist der Mörder», sagte Pistoux. «Wir müssen ihn aufhalten.»

«Schaller?»

«Vergiftete Lebkuchen», sagte Pistoux.

«Aber ... er hat auf mich geschossen.»

«Ja, eben.»

«Bin ich nicht ...?»

«Es ist nur eine Schramme am Kopf.»

«Gut.» Inspektor Wanner rappelte sich auf. «Er ist zum Fluss runtergelaufen.»

Wanner stützte sich auf Pistoux. Er war noch etwas benommen. Er tastete seine Schläfe ab und spürte klebriges Blut.

«Los! Hinterher!», kommandierte er. Dann brach er ein zweites Mal zusammen.

Die Kinder waren schon unten am Ufer der Pegnitz.

Im diffusen Schein des spärlichen Lichts, das hier und da aus den kleinen Fenstern der Fachwerkhäuser drang, sahen sie, wie sich ein großer Schatten ganz langsam über die Pegnitz bewegte.

«Er ist auf dem Fluss!», rief das Mädchen.

Keiner hielt die anderen zurück. «Vorsicht! Er wird einbrechen!»

«Aber wir nicht», sagte Schwarz. «Wir sind leichter. Ich habe es schon ausprobiert. Das Eis trägt mich.»

«Er schafft es bis zum anderen Ufer», sagte Niemand.

«Da sind nur Mauern», sagte Keiner.

«Nein, dort ist eine Treppe.» Das Mädchen deutete in die Dunkelheit. «Ich kenne die Treppe. Sie ist da.»

«Wenn er bis dorthin kommt, ist er weg», erkannte Keiner. «Also los! Hinterher!»

Pistoux hatte dem Inspektor wieder auf die Beine geholfen.

«Wir müssen alle Kräfte mobilisieren», ächzte Wanner. «Die Stadt abriegeln.»

«Zu spät», sagte Pistoux. «Er ist schon auf dem Fluss.»

Die beiden Männer stiegen die Treppe zur Pegnitz hinab. Sie waren noch nicht unten angelangt, da hörten sie ein Knacken und Splittern, wie wenn Eis zerbirst. Etwas weiter entfernt sahen sie einen Schatten auf dem Fluss. In der Nähe und über das Eis verteilt, entdeckten sie die Kinder. Sie hackten mit den Füßen auf dem Eis herum und brachten ihm auf diese Weise Risse bei, die sich fortsetzten und die gesamte Eisfläche immer brüchiger werden ließen. Der Flüchtende hatte das jetzt bemerkt und tastete sich sehr langsam über die Eisfläche weiter zum anderen Ufer hin. Die Kinder hackten weiter mit ihren Absätzen auf das Eis ein.

«Verdammt! Er schafft es!», sagte der Inspektor.

Da hörten sie ein lautes Knacken und Krachen, und der flüchtende Schatten versank im Fluss.

«Hurra!», riefen die Kinder

«Er ist eingebrochen.»

Die Kinder eilten ans Ufer.

«Er hängt da noch! Er klammert sich fest!» Wanner deutete auf den Fluss.

Tatsächlich war dort noch Schallers Kopf zu erkennen und seine Hände, die sich verzweifelt bemühten, Halt zu finden.

«Lange wird er sich dort nicht halten können», sagte Pistoux.

«Nein. Aber wir können nicht auf das Eis hinaus. Wir brechen ebenfalls ein.»

«Die Kinder.»

Sie waren jetzt alle ans Ufer zurückgekehrt und blickten gebannt auf den Schatten, der ums Überleben kämpfte. Ab und zu drang ein gepresster Hilfeschrei zu ihnen ans Ufer.

Keiner weigerte sich: «Nein, wir werden ihn nicht retten!»

«Dann seid ihr nicht besser als er», sagte Pistoux. «Dann habt ihr genau das gleiche Schicksal verdient.»

«Auge um Auge», sagte Keiner trotzig.

«Wenn ihr Diebe seid, weil ihr Hunger leidet, dann ist das eine Sache. Aber wenn ihr einen Mann zu Tode kommen lasst, nur weil ihr Rache üben wollt, dann seid ihr nicht besser als der schlimmste aller Verbrecher. Dann wird euch niemand helfen, und ihr werdet bald genau das gleiche Schicksal erleiden. Denn auch das heißt Auge um Auge, dass jede Schuld angerechnet wird … bis niemand mehr übrig ist.»

Keiner blickte Pistoux nachdenklich an, dann den Inspektor, der neben ihm stand.

«Wir holen ihn raus, wenn er verspricht, uns zu helfen. Wir wollen nicht wieder weglaufen müssen.»

«Ich helfe euch», sagte Wanner. «Versprochen.»

«Gut.»

Die Kinder bewegten sich mit traumwandlerischer Sicherheit auf dem Eis. Nahe der Stelle, wo Schaller eingebrochen war, legten sie sich flach auf die Eisfläche. Das Mädchen war am leichtesten. Sie kroch bis zur Bruchstelle und reichte Schaller die Hand. Niemand hielt sie an den Füßen fest, der wiederum von Schwarz gehalten wurde und der von Keiner. Indem sie sich langsam zurückbewegten, gelang es ihnen, den Eingebrochenen allmählich aus dem Eisloch herauszuziehen. Als er auf festerem Eis angelangt war, kroch er allein ans Ufer, wo Inspektor Wanner ihn in Empfang nahm und ihm Handfesseln anlegte.

Pistoux bedankte sich bei den Kindern.

«Ihr müsst euer Versprechen halten», sagte Keiner.

«Das werden wir tun», sagte Wanner.

«Wisst ihr denn schon, wo ihr Weihnachten feiern wollt?», fragte Pistoux und zwinkerte dem Inspektor zu.

∴ 23 ∴ EINE SCHÖNE BESCHERUNG

Erwartungsvolle Kinderaugen blickten Gregor Wanner an, als er sagte: «Ich habe euch noch etwas mitgebracht.»

Er kramte in seiner Manteltasche. Dann hielt er etwas in die Höhe.

«Eine Wurst?», fragten die vier Kinder verwundert.

Wanner blickte ratlos auf die Käswurst, die er plötzlich in der Hand hielt.

«O nein», sagte er. «Das ist es doch nicht.»

«Der Inspektor hat eine Wurst in der Tasche!» Das blonde Mädchen klatschte in die Hände.

Blitzschnell schob Wanner die Käswurst wieder in die Manteltasche und zog eine Hasenpfote hervor.

«Hier.»

«Mein Talisman!», rief Niemand. «Ich habe ihn bei dem Gewürzhändler verloren.»

Wanner gab dem Jungen die Pfote zurück, dann blickte er verlegen in die Runde, die sich im Salon der Dunkels versammelt hatte. Das Wohnzimmer, das nur an ganz wenigen Festtagen im Jahr aufgeschlossen wurde, strahlte in weihnachtlichem Lichterglanz. Ein üppig dekorierter Weihnachtsbaum, dessen Spitze ein Rauschgoldengel zierte, stand neben dem großen Esstisch, auf dem für acht Personen gedeckt worden war. Auf der weißen Tischdecke aus Brokat stand genau in der Mitte ein Adventskranz, dessen vier Kerzen brannten. Rechts und links davon türmten sich auf großen Tellern Weihnachtsplätzchen und Lebkuchen. Vor den imposanten Stühlen mit den hohen Lehnen standen Holzteller, auf denen Nüsse, Äpfel und sogar Orangen lagen.

Inspektor Wanner schüttelte Bäckermeister Dunkel und seiner Frau die Hand. Das Ehepaar hatte sich nach den Turbulenzen der vergangenen Wochen wieder versöhnt.

«Entschuldigen Sie bitte, dass ich jetzt noch am Heiligen Abend bei ihnen hereinschneie, es ist nur ...»

«Aber Herr Inspektor!», rief Frau Dunkel empört. «Wir haben Sie doch eingeladen! Haben Sie das etwa vergessen?»

«Ich, äh, nein, vielen Dank.»

Friedrich Dunkel war bereits hinter ihn getreten, um ihm Mantel und Hut abzunehmen.

«Die Wurst!», rief das Mädchen.

Die Kinder lachten. In seiner Verlegenheit hatte Wanner die Wurst wieder aus der Manteltasche gezogen.

«Eine Käswurst», sagte Wanner. «Man bekommt sie auf dem Hauptmarkt in der Käsehandlung Bückner.»

Endlich war es dem Bäcker gelungen, Wanner Mantel und Hut abzunehmen.

«Ist das ein Geschenk für uns?», fragte das Mädchen und deutete auf die Wurst.

«Nun ja, eigentlich ... hier bitte.»

Er reichte ihr die Wurst.

Das Mädchen tanzte um den Tisch. «Er hat mir eine Käswurst geschenkt, er hat mir eine Käswurst geschenkt!»

Inspektor Wanner bemerkte, dass alle vier Straßenkinder anwesend waren, außerdem das Ehepaar Dunkel, aber einer fehlte.

«Wo ist denn Ihr Geselle, ich meine, der Franzose?»

«Er geht wieder seinem angestammten Beruf nach», sagte Dunkel.

«Oh, das ist schade.» Wanner zuckte mit den Schultern.

«Ich hatte ihn eigentlich noch nach einigen Zusammenhängen fragen wollen ... was unseren Fall betrifft.»

«Sie wollen doch nicht am Heiligen Abend noch arbeiten?», fragte Frau Dunkel.

«Wenn der Fall nur nicht so verwirrend wäre ...»

«Fragen Sie doch uns», sagte der Junge, der sich Keiner nannte.

«Ja, also ...»

Frau Dunkel klatschte in die Hände: «Halt! Einen Moment! Zuerst einmal muss der Tisch gedeckt werden.»

Wanner blickte erstaunt zum Esstisch. Da standen doch schon Teller. Was sollte da noch gedeckt werden? Aber die Kinder begannen die Holzteller abzuräumen und stellten sie auf einer Kommode ab. Dann verließen sie das Zimmer, kamen nach einer Weile im Gänsemarsch zurück und deckten den Tisch neu ein, mit großen Porzellantellern, dazu passenden Suppentellern, Silberbesteck und großen, im Kerzenlicht blinkenden Weinkelchen.

Nachdem der Tisch gedeckt war, zündete Friedrich Dunkel mit feierlicher Miene die Kerzen des Weihnachtsbaums an. Dann wurde das Gaslicht gelöscht, und alle setzten sich an den Tisch. Ein Gedeck blieb übrig.

Kaum hatten sie alle Platz genommen, wandte sich der Inspektor an Keiner und fragte: «Was ich zum Beispiel bei dieser ganzen Geschichte nicht so recht verstehen kann ...»

Da ging die Tür auf, und Jacques Pistoux trat ein, bekleidet mit weißer Weste und weißer Schürze, auf dem Kopf eine Kochmütze. In den Händen trug er vorsichtig eine große Suppenterrine, die er auf den Tisch stellte.

«Aber», sagte Wanner. «Herr Pistoux? Ich dachte, Sie seien bereits fort.»

«Ich sagte doch, dass er wieder in seinem angestammten Beruf arbeitet», freute sich der Bäcker über seinen Scherz.

«In der Tat.»

Pistoux begann, die Suppe mit einer großen Silberkelle auf die Teller zu geben. Herr und Frau Dunkel saßen jeweils am Kopfende des Tisches. Wanner saß links von Friedrich Dunkel, der Platz ihm gegenüber war noch frei.

«Sei doch so gut und zieh diese schreckliche Mütze ab, bevor du dich zu uns setzt, Jacques», sagte Frau Dunkel.

«Sonst fällt sie in die Suppe!», rief Niemand.

Die Kinder kicherten.

Pistoux setzte die Mütze ab, legte sie auf die Kommode und nahm Platz.

Die Kinder griffen gierig nach ihren Löffeln.

«Zuerst wollen wir beten!», sagte Friedrich Dunkel.

Alle senkten den Kopf und falteten die Hände.

«Komm, Herr Jesus, sei unser Gast und segne, was du uns bescheret hast, amen!»

Obwohl er eigentlich der Meinung gewesen war, dass er keinen Appetit hatte, stellte Wanner mit Wohlbehagen fest, wie gut die Suppe ihm schmeckte.

«Ach *Rote-Bete-Suppe*! Wie habe ich mir das gewünscht», seufzte Frau Dunkel.

«Es ist eine Essenz, Madame.»

«Ausgezeichnet, Jacques», sagte ihr Mann.

Die Kinder schlangen die Suppe begeistert in sich hinein.

Inspektor Wanner war als Erster fertig. Nun saß er ungeduldig da und wartete. Als endlich alle Teller leer waren, sah er seine Chance gekommen.

«Wieso eigentlich zwei Bissstellen?», sagte er lauter als beabsichtigt.

Pistoux sah ihn verwirrt an. «Was meinen Sie?»

«Der vergiftete Lebkuchen ...», sagte Wanner.

Bäcker Dunkel verzog das Gesicht. Es passte ihm gar nicht, dass wieder davon die Rede sein sollte.

«... der vergiftete Lebkuchen hatte zwei Bissstellen. Eine von dem Jungen, eine von Ehrenhoff. Wie konnten sie vom gleichen Herz essen? Was hat sie zusammengebracht? Und wie kommt es dann, dass sie zu unterschiedlichen Zeiten umgekommen sind?»

Pistoux zuckte mit den Schultern: «Ich muss ehrlich zugeben, dass mir einiges an ihrem Fall ebenfalls ziemlich rätselhaft vorkommt.»

«Fragen Sie doch uns», sagte Keiner stolz. «Wir wissen alles.»

«Ja», sagte Wanner. «Ich frage euch: Was ist eigentlich passiert?»

«Es ist ganz einfach», sagte Schwarz.

«Ich finde nicht, dass es einfach ist», sagte Niemand.

«Wovon sprecht ihr überhaupt?», fragte das Mädchen.

«Ruhe! Ich werde die Geschichte erzählen!», rief Keiner.

Alle Auge richteten sich auf den Ältesten.

«Wie Sie wissen», sagte Keiner und blickte dabei abwechselnd Herrn und Frau Dunkel an, «haben wir ab und zu bei Ihnen etwas gestohlen, weil wir Hunger hatten.»

Das Bäckerehepaar nickte, denn sie hatten den Kindern verziehen.

«Einmal, das war ein ganz besonderer Tag für uns, haben wir eine Kiste mit Lebkuchen erbeutet. Die waren natürlich ganz besonders schnell aufgegessen, weil sie so gut geschmeckt haben. Wir hätten gern noch mehr gegessen, aber wir wollten nicht schon wieder in Ihre Bäckerei einbrechen, das wäre zu riskant gewesen und außerdem ... nicht gerecht ... es gibt ja viele Bäckereien, und jede kann ab und zu ein wenig entbehren. Aber Staub hat sich nicht daran gehalten. Er war so gierig nach den Lebkuchen, dass er nochmal gekommen ist.»

«Aber wie kann er denn vergiftete Lebkuchen bei uns gefunden haben, Kreuzdonnerwetter!», rief Bäcker Dunkel.

«Still doch, Friedrich!», sagte seine Frau.

«Als Staub hier war, hat er einen Mann dabei beobachtet, wie er Kisten mit Lebkuchen austauschte. Eine davon wollte er mitnehmen, als der Mann wieder gegangen war. Aber er wurde von Frau Dunkel überrascht und musste weglaufen. Nur ein einziges Lebkuchenherz hat er mitnehmen können. Damit kam er in unser Versteck im Burggraben. Er erzählte uns, wo er es herhatte, und von dem Mann in der Bäckerei. Er kannte ihn sogar. Es war der Gewürzhändler Wetzel. Dann biss er von dem Herzen ab und wollte uns allen etwas davon geben … aber plötzlich verdrehte er die Augen und fiel um.»

Das Mädchen begann zu schluchzen. Der Junge, der sich Niemand nannte, legte den Arm um sie, um sie zu trösten.

«Und dann?», fragte Wanner ungeduldig.

«Dann wollten wir ihn zu einem Arzt bringen. Aber auf dem Weg ist er gestorben. Als wir noch mitten im Stadtgraben waren. Zwei Stadtwächter tauchten plötzlich auf, und wir mussten weglaufen …»

«Aber dann haben der Ratsherr und der arme Junge doch gar nicht vom gleichen Lebkuchen essen können», warf Frau Dunkel ein.

«Es sei denn, jemand hat den gleichen Lebkuchen an Ehrenhoff weitergegeben …», mutmaßte ihr Mann.

«Die Kinder …?»

«Nein, die Kinder waren es nicht!», sagte Wanner. «Es war ein Unfall. Jedenfalls behauptet das dieser unselige Gewürzhändler.»

«Ein Unfall?», fragte Dunkel.

«Schaller gibt zu, dass er am Tod von Ehrenhoff mitschuldig ist. Aber das erklärt nicht die zweite Bissstelle im Lebkuchenherz. Ehrenhoff aß gern Süßigkeiten. Und als er Wetzel einen überraschenden Besuch abstattete, nahm er sich einen Lebkuchen, der dort herumlag. Es war einer von den Lebkuchen, die Wetzel vergiftet hatte. Unvorsichtigerweise hatte er ihn nicht gleich vernichtet. Ehrenhoff biss ab und starb noch in Wetzels Wohnung.»

«Und dann hat Wetzel ihn aus dem eigenen Fenster gehängt?», fragte Dunkel.

«Nein, natürlich nicht. Er brachte die Leiche in den Stadtgraben. Jedenfalls behauptet er das. Wie sie wieder zurück an den Henkersteg kam, kann er sich auch nicht erklären.»

Die Kinder waren jetzt sehr ruhig geworden und blickten den Inspektor schweigend an.

«Also los, Kinder», sagte Pistoux. «Jetzt müsst ihr reden.»

«Es war nicht der Gewürzhändler allein», sagte Keiner. «Der Fabrikbesitzer hat ihm geholfen.»

Frau Dunkel hielt sich erschrocken die Hände vors Gesicht: «Der Schaller! Er hat all das Unheil zu verantworten!»

«Sie haben die Leiche zu zweit in den Stadtgraben gebracht. Wir wussten ja, dass Wetzel unseren Freund umgebracht hat. Deshalb haben wir die zweite Leiche zu ihm zurückgebracht», erklärte Keiner.

«Wir mussten übers Dach klettern. Es war ganz schön schwierig», sagte der Junge, der sich Schwarz nannte.

«Aber woher habt ihr das Lebkuchenherz mit den Bissstellen gehabt?», fragte Wanner verwirrt.

«Es war das Herz, das Staub in der Bäckerei gestohlen hatte. Es lag ja noch in unserem Unterschlupf. Wir haben die Leiche davon abbeißen lassen ... Damit wollten wir sagen, dass Wetzel beide umgebracht hat.»

«Eine komplizierte Art, eine Spur zu legen», murmelte Wanner.

«Aber was haben denn der Ratsherr Ehrenhoff, der Gewürzhändler Wetzel und der Fabrikant Schaller miteinander zu tun, dass sie uns so viel Leid verursachen wollten?», fragte Frau Dunkel.

Pistoux erhob sich, setzte seine Kochmütze auf und sagte: «Das, Madame, werde ich Ihnen nach dem nächsten Gang erklären.»

«Ach, Jacques, du weißt doch, wie sehr ich an dieser Ungewissheit leide.»

«Die Kinder werden mir beim Servieren helfen. Es ist schon alles vorbereitet und geht sehr schnell.»

Sie servierten knusprige *Enten in Orangensauce,* die von würzigem Rotkohl und karamellisierten Pommes Parisiennes begleitet wurden. Es sah so festlich aus und schmeckte so wunderbar, dass alle für einen Moment den schrecklichen Kriminalfall vergaßen. Doch kaum hatte jeder seinen letzten Bissen verzehrt, hielt es Frau Dunkel nicht mehr aus und sagte: «Ich will jetzt alles wissen. Ich ertrage es nicht länger.»

Pistoux nickte: «Haben Sie sich nicht gewundert, dass es Wetzel war, der Ihnen vergiftete Lebkuchen unterschob?»

«Dieser Schuft hat gemeinsame Sache mit dem Fabrikanten gemacht!», rief der Bäcker.

«Ganz recht. Schaller hat Wetzel angestiftet, die giftigen Herzen in der Bäckerei zu deponieren. Er hat Wetzel dafür bezahlt. Die Bäckerei Dunkel sollte in Verruf geraten, weil Schaller die geheimen Rezepte haben wollte. Aber Schaller und Wetzel waren auch noch in anderer Hinsicht auf das abscheulichste verbündet, nämlich bei der Ausbeutung von Ehrenhoff.»

«Die Reliquien», warf Wanner ein.

«Ganz recht, Herr Inspektor», sagte Pistoux. «Der Ratsherr litt an einer sehr merkwürdigen Krankheit. Er war in religiöser Hinsicht ein Fanatiker, nein, mehr als das, er war besessen. Ein rätselhafter Drang brachte ihn dazu, Schädel und Knochen von christlichen Heiligen zu sammeln. Da es davon nicht gerade viele gibt und die meisten sich in kirchlicher Obhut befinden, kam ihn diese Sammelwut sehr teuer. Und es war Wetzel, der ihm die Reliquien besorgte. Wahrscheinlich handelte es sich um Diebesgut. Womöglich stiftete Wetzel Diebe an, in Kirchen und Krypten einzubrechen und ihm die kostbaren Kochen zu besorgen. Jedenfalls war Ehrenhoff deswegen bei Wetzel hoch verschuldet. Außerdem hatte Schaller ihm schon eine Menge Geld geliehen, damit Ehrenhoff die hohen Verluste in seinem Privatvermögen ausgleichen konnte. Aber es hat alles nichts genutzt. Ehrenhoff war praktisch ruiniert. Vielleicht war er ja bei Wetzel und hat ihm gedroht, seine kriminellen Praktiken öffentlich zu machen. Vielleicht war es gar kein Unfall. Vielleicht hat Wetzel den Ratsherrn absichtlich vergiftet. Es scheint mir einiges für diese Theorie zu sprechen.»

«Nicht ganz unlogisch, Herr Pistoux. Die Gerichtsverhandlung wird hier zweifellos Licht ins Dunkel bringen», sagte Wanner. «Aber was ich gar nicht verstehe, ist, warum der Junge entführt wurde.»

Pistoux sah Niemand auffordernd an. Der begann hastig zu erzählen.

«Es war nachmittags, als ich allein in der Backstube war. Da kam plötzlich dieser Mann herein. Ich war ganz überrascht, denn ich kannte ihn schon. Er fragte nach dem Bäcker. Ich sagte, er sei nicht da. Und dann wollte ich weglaufen. Da hat er mich festgehalten und gefragt, warum ich Angst hätte. Er hat mir wehgetan. Ich habe ihm dann gesagt, dass ich ihn kenne ... dass er zusammen mit dem Gewürzhändler die Leiche in den Stadtgraben gelegt hat ... und dass er der Mörder von Staub ist. Da hat er mich mitgenommen und zum Gewürzhändler gebracht, der mich dann in den Turm sperrte.» Niemand sah zu Boden. «Ich hatte furchtbare Angst.»

Schweigend aßen sie weiter.

Nachdem sie fertig waren, brachten die Kinder das schmutzige Geschirr in die Küche, und Pistoux servierte den Nachtisch: Es war eine *Eiscreme «Plombière»,* bestehend aus einem Kranz aus Mandeleis, der mit heißer Aprikosenkonfitüre übergossen und mit Schlagsahne gefüllt wurde. Alle waren begeistert und lobten den Koch.

Dann wurde es Zeit, die Geschenke auszupacken, die unter dem Christbaum warteten.

Bäcker Dunkel und seine Frau hatten sich nicht lumpen lassen. Die Kinder bekamen neue Mützen, Handschuhe, Schals und Schuhe. Pistoux war plötzlich wieder stolzer Besitzer eines kompletten Messersets, wie es ein echter Koch immer im Etui bei sich trug. Sogar der Inspektor bekam etwas, einen Zylinder, damit er bei offiziellen Anlässen nicht seinen alten fleckigen Homburg tragen musste.

«Ich möchte gern», sagte Bäckermeister Dunkel dann zu Pistoux, «dass du bleibst, Jacques. Ich habe Großes vor. Im Gefängnis ist mir klar geworden, dass das Leben zu kurz ist, um kleine Brötchen zu backen.» Er lächelte zaghaft. «Ich will das tun, was Schaller vorhatte – Lebkuchenfabrikation im großen Stil, und weltweiter Vertrieb noch dazu –, aber mit guter, handgemachter Ware. Ich brauche einen Geschäftspartner, Jacques.»

Pistoux schüttelte den Kopf. «Ich kann nicht bleiben. Außerdem bin ich Koch, kein Bäcker. Die Innung ...»

«Ach was ... das regeln wir.»

«Mein Entschluss steht fest, ich gehe nach Hamburg.»

Dunkel ließ entmutigt die Schultern sinken.

«Aber Sie haben doch vier neue Lehrlinge», sagte Pistoux. «Mit denen können Sie ein ganzes Imperium aufbauen.»

Dunkel zog die Augenbrauen hoch. «Die Kinder?»

«Sie brauchen ein Heim und Arbeit und Brot.»

Frau Dunkel blickte ihren Mann an und lächelte leise: «Friedrich, wir müssen dankbar sein. Es ist uns eine große Aufgabe zugefallen.»

«Ja, aber …», zögerte der Bäcker.

«Wir verraten euch auch unsere richtigen Namen», sagte das Mädchen plötzlich.

«Ja», sagten die Jungen.

Der Bäckermeister drehte sich zu ihnen um: «Wie heißt ihr denn?»

Das Mädchen deutete auf Keiner: «Das ist Caspar. Und Niemand heißt Melchior.» Sie stockte und blickte Schwarz verschmitzt an. «Deinen Namen kann ich mir nicht merken.»

Der Junge stöhnte: «Dann bin ich eben Balthasar.»

«Caspar, Melchior und Balthasar?» Frau Dunkel war jetzt ziemlich verwirrt.

«Und du? Wie heißt du?», fragte der Bäcker das Mädchen.

«Ich bin Maria», sagte das Mädchen.

«Jesus!» Frau Dunkel schlug die Hände zusammen.

Alle lachten.

«Nun gut, ich nehme euch in die Lehre», sagte Dunkel.

«Dann lasst uns jetzt ein Lied singen!», rief Frau Dunkel.

Sie begann «Stille Nacht, Heilige Nacht» anzustimmen.

Die Kinder sangen mit.

Pistoux und der Inspektor sahen sich kurz an. Sie spürten, dass sie sich jeder auf seine Art einsam fühlten. Beide wandten ihre Blicke dem Weihnachtsbaum zu. Inspektor Wanner dachte an seine verstorbene Frau und an die schöne Hedwig. Pistoux fragte sich, wann er wohl wieder auf Wanderschaft gehen konnte. Er war sich schon jetzt ziemlich sicher, dass Hamburg nicht seine letzte Station sein würde.

Als sie alle Lieder gesungen hatten, die Frau Dunkel in den Sinn kamen, saßen sie fröhlich beieinander, und jeder erzählte eine Geschichte aus seinem Leben.

Irgendwann ging Pistoux in die Backstube und brachte einen Teller mit schokoladenüberzogenen zylindrischen Gebäckstücken.

«Oho, was haben wir denn da?», fragte Friedrich Dunkel und leckte sich die Lippen.

«Das Rezept kam mir in den Sinn, als ich darüber nachgedacht habe, was wohl das Geheimnis ihres Elisenlebkuchens sein könnte.»

«Und?», fragte der Bäckermeister gespannt.

«Marzipan», sagte Pistoux.

Dunkel blickte ihn verblüfft an. Dann griff er nach dem Gebäck und biss neugierig hinein.

«Donnerwetter», sagte er noch mit vollem Mund. «Wie heißen die?»

«Sie haben noch keinen Namen.»

Pistoux verteilte die restlichen Gebäckstücke an Wanner, Frau Dunkel und die Kinder.

«Ich nenne sie *Jacques' Leckermäulchen*», sagte die kleine Maria, und alle lachten.

Aus dem Weihnachtsbackbuch von Jacques Pistoux

«Nimm ein Pfund Zucker, ein halbes Seidlein oder, Achtellein Honig, vier Lot Zimmet, eineinhalb Lot Muskatrimpf, zwei Lot Ingwer, ein Lot Cardamumlein, ein halb Quäntlein Pfeffer, ein Diethäuflein Mehl. Mach ein Lebkuchen fünf Lot schwer.»

(Das älteste aufgeschriebene Lebkuchenrezept aus dem 16. Jahrhundert)

Jacques Pistoux betritt die Bäckerei Dunkel in der Wunderburggasse zu Nürnberg. Während der Bäckermeister sich mit seiner Frau darüber streitet, ob sie einen französischen Gehilfen einstellen wollen, betrachtet er die Plätzchen in der Glasvitrine:

Haselnusskipferl

140 g Haselnüsse in einer Pfanne rösten. 400 g weiche Butter, 140 g Puderzucker, 1 Prise Salz, geriebene Schale von 1 Zitrone und das Mark von 3 Vanilleschoten verrühren. 560 g Mehl mit den gerösteten Haselnüssen vermengen und drei Viertel der Buttermasse einrühren. Den so entstandenen bröseligen Teig 1 Stunde kühl stellen. Dann die restliche Mehl-Nuss-Mischung unterkneten. Teig in 15–20 g große Stücke abstechen und zu kleinen Hörnchen formen. Bei 200 Grad 15 Minuten backen. Anschließend mit Puderzucker bestreuen.

Heidesand-Taler

375 g Mehl mit 25 g Speisestärke mischen. 250 g kalte Butter würfeln und mit 150 g Puderzucker, 1 Prise Salz, der geriebenen Schale von ½ Zitrone und dem Mark von ½ Vanilleschote verkneten und 1 Eigelb und dann die Mehlmischung einarbeiten. Den Teig mit den Händen zu einer bröseligen Masse verreiben. Eine Nacht ruhen lassen. Am nächsten Tag durchkneten und Teigrollen von 2,5 cm Durchmesser formen. Kalt stellen. Die Rollen mit 1 Eigelb bepinseln, in Hagelzucker wälzen und nochmals kalt stellen. Die Rollen in 6 mm dicke Scheiben schneiden und in die Mitte eine Mulde drücken. Die Mulden mit Aprikosenkonfitüre füllen. Bei 180 Grad 12 Minuten backen.

∴ SCHWARZWEISSGEBÄCK ∴

250 g Mehl mit 100 g Zucker, 3 Eigelb, dem Mark von 1 Vanilleschote und 150 g in Stücke geschnittener kalter Butter verkneten. Den Teig halbieren und in eine Hälfte 2 Esslöffel Kakao einarbeiten. 1 Stunde kühlen. Ein Drittel des hellen Teigs zu einem dünnen Rechteck ausrollen und mit etwas Eiweiß bestreichen. Die anderen Teigstücke zu 1 cm dicken Rechtecken ausrollen und in 1 cm breite Streifen schneiden. Jeden Streifen mit Eiweiß bestreichen und die Hälfte davon abwechselnd der Länge nach auf die weiße Teigplatte legen. Die restlichen Streifen schachbrettartig darüber verteilen. Mit der weißen Teigplatte umhüllen und 1 Stunde kalt stellen. Den Teigblock in ½ cm dicke Scheiben schneiden und bei 200 Grad 15 Minuten backen.

«‹Der Ofen hat noch genügend Hitze. Zeigen Sie mir, was Sie können. Los, los!›» In Dunkels Backstube soll der Franzose beweisen, dass er sein Handwerk versteht. Pistoux erinnert sich an seine Zeit in Wien und backt zwei Klassiker der wienerischen Süßspeisküche:

∴ VANILLEKIPFERL ∴

100 g gemahlene Mandeln in einer Pfanne anrösten. Abkühlen lassen und mit 150 g Butter, 100 g Zucker, 2 Eigelb, dem Mark 1 Vanilleschote und der geriebenen Schale von 1 Zitrone verkneten. 1 Stunde kühl stellen. Währenddessen das Mark 1 Vanilleschote mit 150 g Puderzucker mischen. Aus dem Teig kleine Hörnchen formen und bei 180 Grad 15 Minuten backen. Kipferl noch lauwarm im Vanillezucker wälzen.

∴ Linzer Plätzchen ∴

150 g kalte Butter in kleine Stücke schneiden und mit 75 g Puderzucker und 20 g Vanillezucker verkneten. Anschließend 1 Ei, 1 Prise Salz, je 1 Messerspitze Kardamom, Zimt und Gewürznelken und 1 Teelöffel Kirschwasser einarbeiten. Anschließend 150 g Mehl und 150 g fein gehackte Mandeln hineinkneten, eine Kugel formen und kühl stellen. Dann den Teig etwa 3 mm dick ausrollen und gezackte Plätzchen ausstechen. Aus der Hälfte der Plätzchen in der Mitte ein Loch ausstechen. Eine Viertelstunde kühlen. Bei 150 Grad 20 Minuten backen. Abkühlen lassen. Die Plätzchen mit dem Loch werden mit Puderzucker bestäubt. Auf die anderen wird je ein Klecks Johannisbeergelee gegeben, dann werden die Ringe draufgesetzt.

«‹Heute machen wir erst mal unsere Busserl, und dann kommen die Spekulatius dran›, sagte Friedrich Dunkel. Pistoux sah ihn neugierig an: ‹Busserl?›, fragte er. Das Wort hatte er noch nie gehört»:

∴ Haferbusserl ∴

50 g Butter in einer Pfanne erhitzen und 300 g Haferflocken, 50 g Honig und 50 g Zucker einrühren und goldgelb rösten. Abkühlen lassen. 50 g Butter im Topf erhitzen. 2 Eier mit 100 g Zucker und 10 g Vanillezucker im Wasserbad schaumig schlagen, anschließend kalt rühren. 60 g Mehl mit ½ Teelöffel Backpulver vermengen und unter die Eimasse heben, dann die flüssige Butter und die Haferflockenmasse unterziehen. Mit zwei Teelöffeln kleine Häufchen

auf ein gefettetes Backblech setzen und bei 180 Grad goldbraun backen.

«‹Er weiß doch nicht, was Busserl sind›, sagte die Bäckersfrau. Dunkel zog die Augenbraue hoch und brummte: ‹Na, Busserl sind Busserl oder nicht?›»

Schokoladenbusserl

150 g Zartbitterkuvertüre im Wasserbad schmelzen und unter Rühren abkühlen lassen. 150 g kalte, gestückelte Butter, 200 g Puderzucker, 240 g fein gemahlene Haselnüsse und 25 g Mehl in die Kuvertüre rühren. Über Nacht kalt stellen. Teig in drei Portionen teilen und Rollen von 1 cm Durchmesser formen. 1 cm dicke Scheiben abschneiden, zu Kugeln formen und auf ein gefettetes Backblech setzen. 1 Stunde kalt stellen. Bei 120 Grad so lange backen, bis sie leicht gebräunt sind. Die entstandenen Halbkugeln mit Aprikosenkonfitüre bestreichen und zusammenkleben, anschließend in Vollmilchkuvertüre tauchen (150 g) und abtropfen lassen.

«‹Ich weiß nicht, was sie hat›, brummte der Bäcker. ‹Busserl sind doch auch bloß Plätzchen.›»

Dattelbusserl

2 Eiweiß steif schlagen, 60 g Zucker und 60 g Puderzucker einrieseln lassen und alles zu einer schnittfesten Masse schlagen. Einige Tropfen Zitronensaft und 120 g gemahlene Mandeln unterziehen. 120 g entkernte und getrocknete Datteln in kleine Würfel schneiden und untermischen.

Teigmasse auf Oblaten verteilen und bei 150 Grad
etwa 40 Minuten lang backen.

Friedrich Dunkel zeigt Pistoux zahlreiche Holzformen mit phantasievollen Motiven, die als Model für die Herstellung von Spekulatius dienen:

SPEKULATIUS

250 g Butter und 250 g Zucker zusammen mit 2 Eiern schaumig rühren. Geriebene Schale von 1 Zitrone sowie 1 Prise Nelkenpulver, 1 Prise Kardamom und 2 Teelöffel Zimt, 2 Tropfen Bittermandelöl, 1 Prise Salz, ½ Teelöffel Backpulver, 100 gemahlene Mandeln und 500 g Mehl unterheben, durchkneten und 1 Stunde kühlen. Spekulatiusmodel mit dem Teig auslegen, anschließend ausklopfen und auf ein Backblech legen. Bei 200 Grad
10 Minuten backen.

Während der Arbeit beklagt sich Friedrich Dunkel über den Verfall der Backkunst in seiner Stadt: «‹Heute machen sie alle zu viel Mehl hinein. Es wird immer mehr Mehl genommen. Das verdirbt den Geschmack. Es schmeckt ja dann wie Brot. Und laben tut es auch nicht mehr. Nur noch die Elisenkuchen sind richtige Lebkuchen, aber sonst ...›»

ELISENKUCHEN

3 Eiweiß und 250 g braunen Zucker steif schlagen. 250 g gemahlene Mandeln, 75 g fein gehacktes Orangeat, 1 Esslöffel Zimt und die abgeriebene Schale von 1 Zitrone

unterheben. Den Teig mit zwei Teelöffeln auf etwa 70 Oblaten verteilen, aufs Blech setzen und über Nacht trocknen lassen. Bei 175 Grad eine Viertelstunde backen. Abkühlen lassen und mit einem Guss aus 75 g Puderzucker, 2–3 Esslöffel Zitronensaft und (eventuell) 1 Esslöffel Himbeersaft überziehen.

Wieder einmal streitet sich Bäcker Dunkel mit seiner Frau, weil er ihrer Ansicht nach zu sehr auf Qualität setzt und zu wenig ans Geldverdienen denkt. Und gerade als sie darangehen, die Schokoladenlebkuchen nach einem alten Familienrezept zu backen, nähert sich die Versuchung in Gestalt eines Herrn in Zylinder und Gehrock:

Schokoladenlebkuchen

100 g Zartbitterschokolade im Wasserbad schmelzen. 4 Eigelb und 250 g Zucker schaumig schlagen. 50 g Zitronat und 30 g Orangeat fein hacken und zusammen mit 140 g gemahlenen Haselnüssen und 140 g Mandelstiften in die Schaummasse einrühren. Die Schokolade untermischen. 150 g Mehl mit ½ Teelöffel Zimt und 1 Messerspitze Nelkenpulver vermischen und dazugeben. 4 Eiweiß steif schlagen und unterheben. Die Masse fingerdick auf große runde Oblaten streichen. Bei 180 Grad 20 Minuten backen.

Inspektor Wanner ist es gar nicht recht, dass er neuerdings seiner Hauswirtin Frau Esslinger bei ihrer ausufernden Weihnachtsbäckerei helfen muss, denn viel lieber denkt er an die schöne Hedwig:

∴ Gefüllte Lebkuchen (Rezept einer Apothekersfrau) ∴

1 Pfund Zucker und 1 Pfund Honig erhitzen und vermengen. 3 Pfund Mehl mit 3 Teelöffeln Zimt, 1 Teelöffel Kardamom, 3 Teelöffeln Nelken, 1 Teelöffel Anis, geriebene Schale und Saft von ½ Zitrone, 3 Teelöffel Hirschhornsalz, 3 Teelöffel Pottasche vermischen und zusammen mit 3 Eiern und 3 Esslöffeln Schmalz mit der Honig-Zucker-Masse vermengen. Eine Füllmasse zubereiten aus 250 g Rosinen und Korinthen, 120 g gewürfeltem Zitronat, 100 g gehackten Mandeln und 500 g Johannisbeergelee. Anschließend ein Viertel des Teigs auf einem Backblech ausrollen, die Hälfte der Füllung darauf streichen und mit zweitem Viertel des Teigs abdecken. Auf zweitem Blech ebenso verfahren. Beide Bleche bei 180 Grad 30 Minuten backen. Die Lebkuchen abkühlen lassen und mit einem Guss aus 300 g Puderzucker, 4 Esslöffel Wasser und 1 Schuss Rum bestreichen.

«‹Dunkels Elisenlebkuchen sind eine Berühmtheit in der Stadt. Aber wir machen nur so viel, wie bestellt werden. Sie sind etwas ganz Besonderes. Es ist ein Geheimnis dabei, das keiner kennt.› Der Bäckermeister grinste verschmitzt»:

∴ Dunkels Elisenlebkuchen ∴

20 g Zimt, 3 g Gewürznelken, 2 g Kardamom, 3 g Piment und das Mark von ½ Vanilleschote im Mörser fein zerstoßen. 50 g gemahlene Haselnüsse, 50 g gemahlene Mandeln und 200 g Zucker vermischen. 250 g Marzipanrohmasse zerbröseln und mit 3 Eiweiß verrühren und zusammen mit der

Zucker-Nuss-Mischung zu einem glatten Teig verarbeiten. 4 weitere Eiweiß mit 100 g Zucker und einer Prise Salz zu cremigem Schnee schlagen. 50 g Orangeat und 50 g Zitronat fein hacken und mit 60 g Mehl sowie der gemörserten Gewürzmischung vermengen. 2 g Ammonium mit etwas Milch verrühren. Ein Drittel des Eischnees unter den Marzipanteig rühren, dann Orangeat und Zitronat sowie die Mehlmischung und das angerührte Ammonium hinzufügen und den restlichen Eischnee unterziehen. Die Masse in einen Spritzbeutel mit großer Lochtülle füllen und auf runde Oblaten spritzen. Über Nacht nicht zu kühl, aber trocken stehen lassen. Am nächsten Tag bei 170 Grad 20 Minuten backen. Eventuell mit einer Schokoladenglasur überziehen.

«Im ganzen Haus roch es nach Zimt. Frau Esslinger war mal wieder am Backen. Ihre zahllosen Enkel liebten nichts so sehr wie Zimtsterne. Also backte sie sie in rauen Mengen. Auch Ausstecherle waren bei den Kindern sehr beliebt. Deshalb hatte Wanner, als er am Nachmittag nach Hause gekommen war, erst einmal beim Ausstechen von Monden, Sternen, Weihnachtsbäumen, Kerzen, Märchenfiguren, Postkutschen und sogar einer Eisenbahn helfen müssen»:

Zimtsterne

9 Eiweiß zu festem Schnee schlagen und dann 500 g Puderzucker einrieseln lassen. Von der entstandenen Masse 10 Esslöffel abnehmen und beiseite stellen. Den Saft von 1 Zitrone, 30 g Zimt und 500 g gemahlene Mandeln unter die verbliebene Masse ziehen und 20 Minuten ruhen lassen. Teil in kleinen Mengen 1 cm dick ausrollen, kleine Sterne ausstechen und auf ein gefettetes und

bemehltes Blech setzen. Zwei Stunden trocknen lassen. Das restliche Eiweiß in eine Spritztüte füllen und auf die Sterne spritzen. Bei 175 Grad 20 Minuten backen, wobei der Guss blass bleiben muss.

Ausstecherle

150 g Butter, 250 g Mehl, 125 g Zucker, 1 Ei und die abgeriebene Schale von 1 Zitrone zu einem Mürbeteig verarbeiten und eine Stunde kühl ruhen lassen. Den Teig 4 mm dick ausrollen und Plätzchen mit verschiedenen Formen ausstechen und auf ein gefettetes und bemehltes Blech setzen. Bei 180 Grad 10 Minuten backen. Anschließend mit verschiedenfarbigen Zuckerglasuren sowie Liebesperlen und Schokostreuseln verzieren.

Wieder einmal steht Inspektor Wanner am Fenster und ist ganz in die Betrachtung der schönen Hedwig versunken, da tritt Frau Esslinger ins Zimmer und verlangt erneut, dass er ihr assistiert:

Weihnachtsstollen

Aus 500 g Mehl, 40 g Hefe, 50 g Zucker, 1 Prise Salz, 1 Ei, 180 ml Milch und 250 g Butter sowie ½ Teelöffel Zimt und ½ Teelöffel Kardamom einen Hefeteig kneten und gehen lassen. Den Teig 2 cm dick ausrollen und 150 g in Rum eingeweichte Rosinen, 100 g gehackte Mandeln, 50 g Zitronat, 50 g Orangeat darauf verteilen. Den Teig einrollen und kurz durchkneten. Einen Laib formen und 20 Minuten ruhen lassen. Den Laib in Stollenform bringen, auf das Blech setzen und 3 Stunden gehen lassen. Bei 180 Grad

75 Minuten backen. Den warmen Stollen mit flüssiger Butter bepinseln und dick mit Puderzucker bestäuben.

Nachdem Frau Dunkel den jugendlichen Dieb namens Niemand in der Zinkwanne abgeschrubbt hat, bewährt er sich als Helfer in der Backstube, vor dem man allerdings so manche frisch gebackene Leckerei in Sicherheit bringen muss:

Spritzgebäck

200 g weiche Butter, 100 g Zucker, 1 Ei und 8 Esslöffel Milch schaumig rühren. 200 g Mehl und 100 g Speisestärke unterrühren und eine halbe Stunde kühl stellen. Den Teig in eine Gebäckspritze, Spritzbeutel oder einen Fleischwolf mit Spritzvorsatz füllen und durch eine Sternentülle in verschiedenen Formen direkt auf das gefettete und bemehlte Blech spritzen. Bei 190 Grad 10 Minuten backen. Nach Belieben mit Schoko- oder Zuckerglasuren, Nüssen oder Hagelzucker dekorieren.

Schokoladenbrezeln

125 g weiche Butter mit 50 g Puderzucker, dem Mark einer ½ Vanilleschote und 1 Prise Salz schaumig schlagen. Ein mit einem Eigelb verquirltes Ei dazugeben. 215 g Mehl mit 10 g Kakaopulver vermischen und einrühren. Teig in einen Spritzbeutel füllen und kleine Brezeln auf ein gefettetes und bemehltes Kuchenblech spritzen. 10 Minuten bei 180 Grad backen. Die abgekühlten Brezeln mit 300 g geschmolzener Zartbitterkuvertüre überziehen und mit Krokant oder Hagelzucker bestreuen.

⁖ Orangenplätzchen ⁖

375 g kalte Butter mit 200 g Puderzucker, der abgeriebenen Schale von 3 Orangen, einer Prise Salz, dem Mark von 1 Vanilleschote, 2 cl Orangenlikör und 50 g Orangeat verkneten. 600 g Mehl mit 150 g gemahlenen Mandeln vermischen und mit der Buttermasse zu Streuseln verreiben. 1 Ei dazugeben und einen glatten Teig kneten. 3 Stunden kühl ruhen lassen. Den Teig 3 mm dick ausrollen und runde Plätzchen mit 3 cm Durchmesser ausstechen. Bei 160 Grad 20 Minuten goldgelb backen. Die Hälfte der fertigen Plätzchen in 200 g geschmolzene Zartbitterkuvertüre tauchen, die andere Hälfte mit einer Füllung aus 250 g Orangenmarmelade und 2 Esslöffeln Orangenlikör bestreichen. Die Schokohälften darauf setzen.

⁖ Rosinenplätzchen ⁖

25 g Marzipanrohmasse mit 100 g Butter und 2 cl Rum verkneten und mit 100 g Farinzucker schaumig schlagen. Dabei nach und nach 2 Eier hinzugeben und dann 150 g Mehl und 2,5 g Backpulver unterkneten. Mit dem Spritzbeutel 3 cm große Plätzchen aufs Backblech spritzen und diese jeweils mit drei in Rum eingeweichte Rosinen belegen. Bei 200 Grad 12 Minuten backen. Die noch heißen Plätzchen mit kurz aufgekochter Aprikosenkonfitüre bestreichen.

Pistoux gewinnt allmählich an Virtuosität beim Backen und entwickelt ein raffiniertes Rezept, für das ihn Frau Pannartz, die Budenbesitzerin auf dem Christkindlesmarkt besonders lobt:

∴ Haselnuss-Makronen-Törtchen ∴

Aus 150 g Mehl, 30 g Speisestärke, 1 Prise Salz, 80 g Puderzucker, 1 Ei und 100 g kalter Butter einen Mürbeteig kneten und diesen mindestens eine halbe Stunde im Kühlschrank kalt stellen. Briocheförmchen mit 8 cm Durchmesser mit Butter ausstreichen und mit Mehl bestäuben. Den Teig in die Förmchen füllen und bei 200 Grad 10 Minuten blind backen. Für die Füllung 200 g Marzipanrohmasse mit 250 g Zucker verbröseln. 5 Eiweiß, 1 Prise Salz, ½ Teelöffel Zimt, die abgeriebene Schale einer ½ Zitrone dazugeben und alles cremig rühren. Im Wasserbad erhitzen und 250 g fein gemahlene Haselnüsse einrühren, abkühlen lassen. Die Masse in die Törtchen füllen, mit halbierten Mandeln belegen und bei 200 Grad 20 Minuten backen. Die Törtchen mit heißer Aprikosenkonfitüre bestreichen und mit halben kandierten Kirschen dekorieren.

Frau Esslinger findet kein Ende. Jeden Abend verlangte sie aufs Neue von Inspektor Wanner, dass er ihr bei der Zubereitung neuer Plätzchen zur Seite steht. Missgelaunt flüchtet er ins Wirtshaus «Zum Maulbeerbaum». Aber vorher hat er bereits bei den folgenden Rezepten Hand angelegt:

∴ Spitzbuben ∴

350 g Mehl, 150 g Zucker, 20 g Vanillezucker, 125 g gemahlene Mandeln und 250 g Butter zu einem Mürbeteig verkneten und zwei Stunden kühlen. Den Teig 3 mm dick ausrollen und runde Plätzchen in drei verschiedenen Größen ausstechen. Bei

175 Grad 12 Minuten backen. 150 g Johannisbeergelee erwärmen und die noch heißen Plätzchen damit bestreichen. Dann jeweils drei verschiedene Größen übereinander setzen, abkühlen lassen und mit Puderzucker bestreuen.

∴ Haselnussherzen ∴

50 g Butter schmelzen. 6 Eiweiß steif schlagen und 250 g Puderzucker einrieseln lassen. Die geschmolzene Butter sowie 150 g gemahlene Mandeln und 200 g gemahlene Haselnüsse unterheben. Den Teig in eine Spritztüte füllen und damit Herzen auf ein gefettetes und bemehltes Backblech spritzen. Bei 175 Grad eine Viertelstunde backen. Johannisbeergelee erhitzen, die Herzen damit bestreichen und zusammensetzen. 100 g Puderzucker mit etwas Zitronensaft verrühren und eventuell mit rotem Sirup färben. Die Herzen damit überziehen und Pistazienhälften darauf setzen.

∴ Walnusstaler ∴

Aus 250 g Butter, 150 g Zucker, dem Mark einer Vanilleschote, 1 Ei, 1 Prise Salz, 200 g Mehl und 75 g Speisestärke einen Mürbeteig kneten und eine Stunde kalt stellen. Dann den Teig dünn ausrollen und kleine, runde, gezackte Plätzchen ausstechen. Bei 180 Grad 12 Minuten backen. Auskühlen lassen. Die Hälfte der Plätzchen mit Pflaumenmus bestreichen und jeweils zwei zusammensetzen. Mit Zuckerglasur bestreichen und jeweils eine Walnuss darauf setzen.

Schokomakronen

2 Eiweiß steif schlagen. 150 g Zucker, 150 g gemahlene Mandeln, die abgeriebene Schale von 1 Zitrone, 20 g Vanillezucker, 1 Prise Salz und 30 g geriebene Schokolade unterheben. Mit zwei Teelöffeln kleine Portionen auf runde Oblaten setzen und eine Stunde antrocknen lassen. Bei 175 Grad 10–15 Minuten backen.

Seufzerle

125 g Butter schaumig schlagen, 110 g Puderzucker und das Mark einer Vanilleschote hinzufügen und verrühren. 1 Eiweiß steif schlagen und unterziehen. 125 g Mehl und 100 g Speisestärke unterheben. Aus dem Teig kleine Kugeln formen und zu ovalen Plätzchen auseinander drücken. Bei 180 Grad 12 Minuten backen. Auskühlen lassen und mit Puderzucker bestreuen.

Im Haus des verstorbenen Jakobus Ehrenhoff lässt die Witwe des Ratsherrn dem ermittelnden Inspektor Tee und Früchtebrot servieren. Wanner verschluckt sich, als er hört, dass ausgerechnet die schöne Hedwig den Trockenobstkuchen gebacken hat:

Früchtebrot

125 g getrocknete Birnen 2–3 Stunden einweichen, dann weich kochen und das Wasser abgießen. Früchte in Stücke schneiden. Jeweils 125 g getrocknete Pflaumen, Feigen, Aprikosen und Datteln sowie 70 g getrockneten Apfel in Stücke schneiden. Mit 25 g Zitronat und 25 g Orangeat sowie

je 50 g Rosinen und Korinthen vermischen. 200 g Weißwein mit 5 cl Obstbrand aufkochen und über die Früchte gießen. 100 g grob gehackte Walnusskerne und 50 g Honig unterrühren und über Nacht ziehen lassen. 100 g Weizenmehl, 100 g Roggenmehl mit 10 g Hefe, 100 ml lauwarmem Wasser und 8 g Pfefferkuchengewürz vermischen und mit der Früchtemasse verkneten. 1½ Stunden gehen lassen, dann in zwei längliche Laibe formen. Anschließend 500 g Brotteig (vom Bäcker) halbieren und ausrollen und die Früchtebrotlaibe damit umhüllen. Die Teigoberfläche mit Milch bestreichen und mit kandierten Früchten und / oder Mandeln verzieren. Bei 180 Grad 45 bis 60 Minuten backen. Die fertigen heißen Brote mit Gummiarabikum (20 g mit 1 Prise Zucker in 100 ml Wasser aufgelöst) bestreichen.

Inspektor Wanner sucht den verdächtigen Gewürzhändler Wetzel auf, um ihn zu verhören. Der versucht ihn abzulenken, indem er ihm Backwaren aus fremden Ländern zum Probieren anbietet:

Ingwerplätzchen

Aus 100 g Butter, 100 g Zucker, 3 Esslöffel Rübensirup, 200 g Mehl, 1 Prise Salz, 1 Teelöffel Backpulver, 1 Prise Nelkenpulver, 1 Prise Zimt und 1 Teelöffel Ingwerpulver einen Mürbeteig kneten. Diesen in zwei Rollen formen und 1 Stunde kalt stellen. Aus dem Teig kleine Kugeln rollen und bei 200 Grad 8 Minuten backen. Abkühlen lassen. 150 g Puderzucker mit 5 Esslöffel rotem Fruchtsaft vermischen und die Plätzchen zur Hälfte eintauchen, anschließend trocknen lassen.

∴ Schoggifrätzli ∴

100 g Bitterschokolade schmelzen. 100 g Zucker, 200 g gemahlene Mandeln, 2 Esslöffel starken, kalten Kaffee und zwei verquirlte Eiweiß untermischen. Kirschgroße Kugeln formen und mit jeweils einem Pinienkern belegen. Bei 150 Grad 10 bis 12 Minuten backen.

Zur Feier des Heiligen Abends hat Jacques Pistoux ganz besonders feine Süßigkeiten gebacken, denen die kleine Maria sofort einen lustigen Namen gibt:

∴ Jacques' Leckermäulchen ∴

Zuerst 125 g Sultaninen, 125 g getrocknete Feigen, 40 g Orangeat, 30 g Zitronat und 75 g Mandeln fein hacken, mit jeweils 2 Esslöffeln Wasser und Rum begießen und 24 Stunden ziehen lassen. Dann einen Lebkuchenteig herstellen: 200 g Honig erwärmen und mit 225 g Weizenmehl und 75 g Roggenmehl sowie 3 cl Rum, 6 g Lebkuchengewürz und 9 g Backpulver verkneten. 2 g Pottasche in ein wenig Eiweiß anrühren und einarbeiten. Den Teig 3 mm dick ausrollen. Für die Füllung 180 g Marzipanrohmasse und 20 g Puderzucker zerbröseln. 1 Eiweiß und 2 Esslöffel Kirschwasser dazugeben und cremig rühren. Füllung auf den ausgerollten Teig streichen, dann 250 g Pflaumenmus darüber verteilen und die Früchte darauf geben. Teig aufrollen und anschließend in 1 cm dicke Scheiben schneiden, die in 3 cm hohe Ringe mit einem Durchmesser von 5 cm gesetzt und auf eine Oblate gestellt werden. Bei 180 Grad 25 Minuten backen, stürzen und abkühlen lassen. Mit 150 g Zartbitterkuvertüre überziehen und mit gehackten Pistazien verzieren.

Pistoux' Heiligabend-Menü (für 4 Personen)

Im Wohnzimmer von Friedrich Dunkel und seiner Frau serviert Jacques Pistoux ein festliches Weihnachtsessen, dessen französische Herkunft nicht zu leugnen ist:

Rote-Bete-Suppe

500 g Rote Bete schälen und in dünne Streifen schneiden. Ein haselnussgroßes Stück Ingwerwurzel in dünne Scheiben schneiden. Beides in 1 Liter Consommé drei Stunden bei schwacher Hitze ziehen lassen. Durch ein Sieb geben.
1½ Teelöffel Speisestärke mit 2 Teelöffeln Rotweinessig und 2 Esslöffeln Rotwein verrühren und in die Suppe geben, um sie leicht zu binden. Mit Crème fraîche servieren.

Ente mit Orangensauce

Eine etwa 1,5 Kilo schwere Ente innen und außen salzen und pfeffern und in einem eingefetteten Bräter 1 Stunde braten, dabei immer wieder mit dem Bratensaft bepinseln.
Währenddessen 1 Zitrone und 2 Orangen schälen und den Saft auspressen. 4 weitere Orangen gut schälen, in Segmente teilen und filetieren. 75 g Zucker mit 2 Esslöffeln Wasser in einem Topf karamellisieren.
3 Esslöffel Rotweinessig und den Zitrussaft hinzufügen und kurz aufkochen. Die Ente aus dem Backofen nehmen und warm stellen. Das Fett vom Bratensaft abschöpfen. Den Bräter auf dem Herd erhitzen, 6 Esslöffel Weißwein dazugeben und den Bratensatz mit einem Holzlöffel lösen.

Auf die Hälfte einkochen, dann den karamellisierten Zitrussaft hinzufügen. 1 Teelöffel Pfeilwurz mit 3 Esslöffeln Orangenlikör verrühren und zusammen mit 1 Esslöffel rotem Johannisbeergelee an die Soße geben. Kurz kochen und eindicken lassen, dann die Orangensegmente und die dünn geschnittene Schale dazugeben. Die Ente auf eine Servierplatte legen und mit den Orangensegmenten umkränzen. Soße in einer Sauciere separat reichen. Dazu kann man Rotkohl und kleine, karamellisierte Kartoffeln reichen (Pommes parisiennes).

EISCREME «PLOMBIÈRE»

500 ml Sahne kurz aufkochen. 125 ml Milch und 100 g Mandeln im Mörser oder Mixer pürieren und durch ein Sieb in die Sahne passieren. In einem zweiten Topf 5 Eigelb und 100 g Zucker schaumig schlagen. Die Mandelsahne hinzufügen und leicht kochen, bis die Masse den Kochlöffel überzieht (zur Rose abziehen). Von der Kochstelle nehmen und ½ Teelöffel Bittermandelextrakt unterrühren. Weiterrühren, damit sich keine Haut bildet. 250 ml Sahne steif schlagen und unterheben. Die Masse einfrieren. Vor dem Servieren 125 g Aprikosenmarmelade erhitzen und durch ein Sieb geben. Eismasse stürzen und mit der Marmelade überziehen.

***

«Nehmt Farinmehl und Honig, jedweds gleich viel. Lasst beides über dem Feuer ein wenig vergehn. Mischt Gewürznägelein, Ingwer, Pfeffer, Citronat, Citronenschale und gut Teil abgezogene Mandeln darunter, alles gröblich zerstoßen und zerschnitten, und zwar jedes nach Belieben. Vermischt es wohl durcheinander, wirket es mit Weizenmehl zu einem Teig auf. Drück selbigen in Form und lass es im Ofen abbacken. Überstreiche es dann mit Honigwasser, so sind sie fertig.»

(Lebkuchenrezept aus einem Nürnberger Kochbuch von 1702)

Über die Autorin: Virginia Doyle, Mitte 30, ist das Pseudonym einer mehrfach ausgezeichneten Krimiautorin. Sie lebt nach einer Lehrzeit in einem Hotel an der Côte d'Azur und einer Ausbildung zur Sommelière in einem Londoner Restaurant mittlerweile in Maidstone (Grafschaft Kent), wo sie sich ganz dem Schreiben und der Corgi-Zucht hingibt. «Das giftige Herz» ist ihr sechster Roman um den Meisterkoch und Amateurdetektiv Jacques Pistoux.

«Könnte Ingrid Noll sein.»
Hamburger Abendblatt